文
景

Horizon

日系 | Horizon

社科新知 文艺新潮

あのこは貴族

东京贵族女子

Tokyo Noble Girl

by

山内マリコ

[日]山内麻里子——著

伏怡琳——译

上海人民出版社

第一章

东京

尤为核心的那个阶层

第一章

東京

とりわけその中心の、とある階層

1

出租车驶过国会议事堂，掠过日比谷公园，眼看就要逼近内幸町的红绿灯路口。外面的空气像洗过一般干得舒爽，榛原华子隔着车窗感受着一年里只有元旦才能体会到的不同于往常的氛围，一脸郁结地坐在后座上。

“外乡人都回乡去了，东京这马路上的车稀稀拉拉的嘞！”司机许是因为道路空旷所以心情特别舒畅，从刚才开始便把速度飙得飞快，还没完没了叨叨个不停，华子稍稍有些窘于应对。假如彻底装作没听见，心下难免发虚，可要是不这样，又确实拿不准该对这一类话题作何反应。还真是，越不想说话就越会撞上爱说话的司机，华子轻轻叹出口气。

就在她思前想后犹豫不决的时候，司机自己接过话头自嘲起来：“说归说，其实我自己也是外乡来的。”华子脸上浮起一丝苦笑。

这司机怎么看都是个脾气温和的老好人，一打开了话匣便滔滔不绝：“跑来东京也快五十年了，把爹娘跟家里的祖坟都带到了这边，好几年没回过乡喽。我家乡那片儿，下起雪来可不得了。受不了哦！老房子都空了好些年啦，完全不晓得该怎么处置好呢。”

对方一刻不停地念叨着远在异地的家乡，可华子对这些全然没有半点概念。她今年已经二十七了，但对东京以外的地方一无所知，也提不起兴趣。大学毕业后，为了陪母亲泡遍日本各地的温泉，倒也去地方上跑动过几回，但坐在新干线上看车窗外倏然而过的那些小城，每一座都大同小异，所以记忆总会交缠到一起扯也扯不清。即便播天气预报时电视上会亮出全国地图，可生在东京长在东京的华子从不曾在意过。

“客人您是东京本地人吧？”司机似乎觉察到什

么，问得一针见血，“一开年就是帝国饭店，真叫人羡慕哟！这地方我倒是常来，可里头从来没进去过。每回都是载客人，哈哈哈！”

司机一边自嘲地笑，一边透过后视镜瞥过来一个刨问的眼神；华子微微正了正身。幸运的是，车子在被红灯逮住前滑入了帝国饭店的下客区，话题来不及膨胀便已超时出局，华子遂离车而去。

逃难似的穿过帝国饭店的大门，华子感觉整个人都放松了下来。触目之处装修都呈巧克力色，透着一股令人怀念的亲切，别有一种近些年穷尽心思讴歌奢华的外资酒店所没有的沉稳。天顶敞阔，水晶吊灯正下方的位置插着满满一大盆洋溢着新年气息的松枝，大厅里人来人往好不热闹。沉下去一截的休闲咖啡厅兼酒吧里客人坐得满满当当，喧闹的人声和餐具“咔嗒”碰撞的声音混作一堆，近乎嘈杂。

华子穿过地下通道，钻进了目标店家门前短短的门帘内。她刚报完榛原订的位，身穿和服的女侍便应了一声“恭候多时”，并深鞠一躬，一边笑着道出新年问候，一边动作麻利地接过大衣翻掌示意："这边请。"被领进包厢后，便看到外祖母已经到了，正独自一人坐在摆放着九张座椅的饭桌前。看到华子的一刹那，她整张脸哗的一下放出光彩："哦哟哟，华华啊！"说着颇为费力地拉出身旁的座椅，显然是在招呼华子坐过去。

华子顺从地坐到她身旁，郑重其事地欠身道了句"新年快乐"，话音未落，外祖母便从手提包里掏出一只鸠居堂[1]的喜庆红包："华华，来，压岁钱！"说着便把红包放到桌上哧溜一下滑过来，还比了个手势让华子快收起来。

"谢谢外祖母。"华子道过谢，也不拆看里面的东西便默不作声地藏进包里。信封在手上的触感颇有厚度，华子不禁抬眼看向外祖母。

"华华啊，我都听你妈说了呀，你公司辞掉了是

1　日本主营书画用品及香具的老店，创业于1663年，原为药房，后逐渐改变经营方向，目前总店位于京都，东京主店铺开设于银座。——译者注，全书下同

吧？”外祖母提高了声调。

“嗯，十一月交的辞职信……”

“对嘛！这是好事情呀！”

外祖母似乎一心盼着华子快些嫁人在家里当主妇，她总说，女孩子被社会磨多了就会变得奸猾老成，这样可不好。当初华子靠着父亲的人脉去那家知名化妆品公司上班时，外祖母听说是被分进秘书处，才好不容易不情不愿地点了头，最后还不忘告诫她：工作马马虎虎过得去就可以了，知道不?!

华子是三姐妹中最小的一个，和上面两个姐姐年岁差挺多，她不光脸长得俊俏，性格也很率真，深得外祖母的欢心。一头披肩长发黑得几乎过于浓烈，不染不烫，就连耳洞都没打；再加上日常装扮素来清新可人，给人的印象乖巧安静，这些都颇合外祖母的意。这天，外祖母夸赞了华子身上哈罗德百货[1]的粗花

---

1 英国伦敦的奢侈品百货公司，拥有近两百年历史，在全球享有极高的声誉，是世界上最著名的高档百货公司之一。

呢连衣裙，华子也回赞了外祖母的选装搭配。

今年八十四的外祖母穿了身胭脂红的套装裙，脖颈里围一条爱马仕丝巾。据说那身上下两件的套装裙是早在华子出生前许久，在日本桥的三越百货总店定制的。几十年穿下来，面料丝毫无损，设计也不觉老旧，跟身形娇小的外祖母很是相称。

外祖母感慨："这年头呀，都看不到这么上等的料子了！有的净是那些软趴趴的便宜货。"华子既不附和也不反驳，只是带着一脸轻轻浅浅的笑容点点头。

这时，麻友子被女侍领进了包厢。她是华子的二姐，榛原家的二女儿。

"搞什么嘛，果然都还没到……"麻友子不知避忌地脱口而出，说着"嘭"一声把赛琳笑脸包放到椅子上，然后转向外祖母毕恭毕敬地低下头，"外祖母，新年好。"这几年麻友子几乎年年元旦都在国外，就今年极不寻常地在家宴上露了面，惹得外祖母故作惊讶、语带调笑："哦哟，稀客啊！"

听外祖母嘴里隐隐飘出一丝嘲讽，麻友子略显尴尬地坐到华子身旁。

她年轻时一心扑在工作上顾不得结婚，过了三十好不容易嫁出去，可没撑满一年便离了婚，这些事似乎至今都让外祖母耿耿于怀。说来也不是不能理解，一家人煞费苦心安排麻友子考进了一所名牌私立女校，本可以坐电梯似的从小学一路直升大学，可她倒好，明明是个女儿家却偏要去什么圣玛丽安娜医科大学，还拿了医师执照，从那时候起外祖母就对麻友子颇有微词。听人说，麻友子年幼时生得聪明伶俐，外祖母也曾对她宠爱有加。

华子与麻友子足足差了十岁，所以对她们二人的关系何以闹进死胡同至今不甚明了。更何况，对于这个姐姐，华子自己也有些发怵。麻友子不仅脑袋转得快，脾气也急，本就生得伶牙俐齿，说起话更是滔滔不绝，对性情温慢的华子而言，单是跟上话题随声附和就已经精疲力竭。华子几乎没有任何与麻友子一同生活的记忆，也就出来工作之后的这几年，她才勉勉强强可以跟这位二姐平等地说上几句话。

“华子，你这项链倒蛮别致的。哟，跟手链是一套。哪儿买的？”

“乐蓬马歇。”

“巴黎那家？”

“嗯。去年去法国的时候买的。对了，青山那儿也有店，就在那个叫‘Les Nereides’的商场里。”

麻友子一边目不转睛地盯着那条设计精巧可爱、好似从童话世界里变出来的项链，一边夸赞道：“可爱的，很配你。”不过那意思只怕是在说这玩意儿真是孩子气。她摆出一副“对你那年岁的打扮我可没兴趣”的态度，不曾流露出半分“我也想要”的意思，只是想起什么似的问华子：“对了，华子今年多大了？”

“二十六，过了生日，就要二十七了。”

“什么?！你都二十七了！讨厌，那我不是更要变老了？真没想到，原来你都二十七了。趁还没到三十，可要多戴戴那样子的东西，知道不？”

麻友子说起话来句句都似有言外之意。与她耳朵上戴的单钻耳钉、手腕上摇来晃去的纯金细手链相比，华子身上这些配饰只怕就像粗制滥造的玩具。说起来，到底是在赤坂皮肤美容诊所当医生的人，麻友子眼看年近四十，皮肤却依然弹润紧绷、细滑如丝；肤色明亮丝毫不显暗沉，眉眼和鼻梁长得颇为华丽，总之是个惹人垂涎的美女。且麻友子身上华丽的不仅是长相。她住在离婚后分得的六本木高级公寓里，差不多每年都要换一辆车，生活做派精致奢华。宝马、阿尔法·罗密欧、奔驰，一辆接一辆，现在开的是保时捷 Macan，不过对车兴趣缺缺的华子完全弄不清个中差异。

就在三人延续着毫无内容的对话时，华子的父母还有大姐一家相继进了包厢——父亲、母亲、华子的大姐香津子，以及她丈夫真、儿子晃太。晃太穿了件庆应义塾初中部[1]的休闲西服外套。

1　庆应义塾大学的初中部。日本不少私立大学均设中学及小学，采用一贯制入学，考入后便可免试升入大学。

外祖母见全家人都已落座，便对女侍吩咐道：“可以上菜了。”

女侍端上了绘有精美扇形莳绘[1]的漆碗，静静揭开碗盖，伴随着几缕轻缓的蒸汽，一股蟹肉所特有的叫人不知如何形容的鲜甜撩动着鼻腔。碗中，在勾过芡的浓稠的汤汁里，盛放着煮得温热软滑的灰眼雪蟹。“哇噢！”包厢里接二连三涌起一片欢赞。

“啊，好开心！我最喜欢灰眼雪蟹了。没想到这季节还能吃到！”

大女儿香津子发出一声惊叹，陶醉之情盖过了众人。香津子随父亲，长了一张干净清秀的日本脸型，身形挺拔、举止优雅，令人完全察觉不出她已四十二岁。华子在各类螃蟹中也最是钟爱灰眼雪蟹，她用筷子夹起一小簇人称“外子”的茶褐色小颗粒蟹籽，动

1 日本传统工艺，指漆器上以金粉、银粉等所绘的纹样装饰，通常以漆为胶，涂绘而成。

作轻巧地送进了那张樱桃小嘴。

“这灰眼雪蟹，可以捕到什么时候呀？”

麻友子话一出口，女侍当即作答：“其实这灰眼雪蟹捕捞的时间特别短，只有十一月到十二月是时鲜季。各位品尝的这些是年底捞上来的，也是这个冬天最后一批了，还请细细品尝。”

听了这话，知道这蟹不可多得之后，众人更是喜上加喜，连声称赞“好吃、好吃”。榛原家共聚一堂的次数一年也数不出几回，可每次聊天总在评点菜肴，大部分时间都被这一类话题填得满满当当。母亲京子做菜很有一手，有段时间还被朋友请去开班授课，特别醉心于研究各种菜式。席间她总是一脸认真：这菜用的什么材料？这味道和以前在哪里哪里吃过的很像呢！这东西到底怎么做出来的？接着，话题便转向了最近吃过的美食。先是麻友子推荐：麻布有家会员制的烤肉店，味道很不错。之后，香津子开始回忆不久前别人送的京都伴手礼——豆子年糕的味道。而在这些话题之间，混夹着各自三言两语的近况。

待聊兴渐淡，欢谈差不多告一段落，众人给香津子的儿子晃太发了压岁钱。不过香津子对儿子管教甚严，尤其在钱方面，所以她事先早已知会过家里人，希望把金额限定在一万日元以内。若实在想多给，则采用折中的办法，由她自己代儿子存入银行。说实话，晃太这年纪的孩子对参加这些所谓的家庭活动最是感到煎熬，他之所以不情不愿地跑来作陪，不过就是为了拿这几万块的压岁钱。

与外祖母相对而坐的香津子一边轻抚邻座儿子的背脊，一边自豪地宣布："我们家晃太呀，当上足球队队长了呢！"晃太今年就要升入初三。

"厉害啊！说明有天分吧。好好努力，争取踢进J联赛[1]哦！"麻友子不负责任地随口夸赞。小晃太紧跟着就蹦出一句："你看你看，什么橄榄球，我就是适合踢足球！"说着瞪了他父亲一眼。

"橄榄球啊，高中开始也不迟嘛！"晃太的父亲

1　日本最高水准的职业足球联赛。

坐在他斜对面，似乎以前曾打过橄榄球，胸板厚实，肩部线条宽阔有型。不过自从进了贸易公司就光打高尔夫了，即便在冬天，皮肤也是浅黑色的。

“我才不要！”晃太没好气地说，几乎要吐出一声不屑的“切”。平心而论，晃太的体形确实不能跟父亲比，他身形瘦长，绝不是打橄榄球的料。且手脚细细长长，脸也不大，清秀的眉眼和香津子一模一样。

“晃太，你今天特意穿校服来的？”麻友子故意逗他。

“标准装好不好！”晃太用叛逆期特有的很冲的语气答道，惹得众人一片哄笑。庆应初中部没有校服，但因为聚餐结束后要拍全家福，晃太遂依从母亲香津子的嘱咐，穿了这件出席各种仪式用的灰色休闲西服外套。

“对了，虽说是元旦，好像都没看到什么人打扮得比较正式呢……”香津子语带遗憾。

“我倒是见着几个穿皮草的。说起来，外祖母以前经常穿呢……”麻友子接过了话头。

不知是不是话音未传到外祖母耳中，只见她头也不抬，聚精会神地闷头吃菜。

“还说什么经济复苏，根本就不行啊。大堂里那些人，穿着打扮就跟优衣库里的没两样。”香津子一句话，一大堂的人都“中枪”了。

“大姐，难道你也去优衣库？”麻友子故意逗她，香津子咯咯笑起来：“怎么啦？我就不能去吗？”

这时，父亲宗郎又把话题转向了经济形势，开始评说“安倍经济学”[1]，预测股价还有很大的上升空间。宗郎继承祖业，在涩谷松涛经营一家骨科医院。他虽然两眼紧盯股价走向，但对那些轻信人言、一听能发财便往里钻的人，他只会远远地旁观，平时在外人面前只字不提钱的事。尽管如此，钱自然是他极度关心的问题之一。在宗郎与外祖母还有香津子的丈夫聊着投资理财，还把话题扯到外祖父留下的地产什么的时

1　日本首相安倍晋三 2012 年年底上台后实施的一系列经济刺激政策。

候，华子一个人默不作声地动着筷子。

或许是也一样觉得无趣吧，母亲京子感慨道："话说，自从元旦改在这里吃饭之后，还真是轻松了不少呢！"说完偷偷地笑了，虽然心里觉得对不住外祖父，但一不留神还是漏出了心里话。

华子的祖父母故去得早，家庭活动习惯放在外祖父母家。外祖父在世那会儿，一家人过年必定会盛装聚到广尾的宅邸，围聚在一起吃年菜和煮汤年糕。因为外祖母做起事来一丝不苟，所以家中从门前的松枝摆设到蚕茧装饰，甚至连柳木筷的筷套都全部亲手做。房间里还会装点上造型精雅的插花，真可谓华美喜庆。就连华子都隐隐记得，元旦那天外祖母会围上有吉祥图案的和服腰带，把雪白的围裙一会儿系上一会儿取下，忙不迭地招呼着一拨接一拨的拜年客。而记忆里的自己，则窝在被煤气暖炉烘得暖洋洋的榻榻米房间，目不转睛地盯着雅格[1]里那只硕大的

1　传统日式房间里辟出的一小方装饰空间，通常挂一幅挂轴，立一小瓶插花。

镜饼[1]。那时候，帮佣阿姨比平时更加忙碌，脚上的拖鞋踩得噼啪作响，也不知为何，阿姨那只裹着紧身裙的大屁股异常清晰地烙刻在华子的脑海中。那一天，几乎每个人身上都弥漫着新年特有的淡淡的紧张，只有家里唯一可以随心所欲、为所欲为的最年幼的外孙女——华子却总是这边露个脸那边探个头，摆出一副公主样，接受着众人的宠爱而沉醉其间。

那时候，外祖父每每一杯酒下肚，有事没事便会用他那粗大的手掌摩挲着华子的小脑袋："等华子长大了，外祖父给你找个好人家！"

华子父母的这段姻缘也是外祖父牵的线。在他们那个年代，女儿出嫁由家长包办真是再自然不过，所以外祖父暮年时也理所当然地这样问华子："华子以后想要嫁到什么样的人家去呀？"

年幼的华子突然被人问这样的问题，自然不知作

1 供奉给神灵的扁圆形年糕，日本的家庭过新年时会装饰在家中，祈求新的一年平顺安康。

何反应，只能一张小脸涨得通红无言以对，这情形回想起来也是分外亲切。华子迎来十岁生日后，外祖父住进了医院，那之后便一直需要人护理。

不过即便如此，只要一到新年，外祖母、母亲和帮佣阿姨还是会忙上好几天备齐一整套传统年菜。直到外祖父过世，榛原家过年的方式才出现了彻彻底底的转变。

外祖父出生在大正[1]年间，他开办的测量公司因正赶上“二战”后完善基建和公共投资大增的热潮，公司业务蒸蒸日上，又与国土地理院建立了密切的合作关系，他一手就将公司做大了起来。如今，公司由母亲的弟弟一家接手经营，两家人日渐疏远，唯有做法事的时候才略有走动。至于公司股票如何分配之类的问题，华子不曾过问也无从知晓，只听说所有资产都已归入法人名下由公司管理。外祖父不在了，来拜年的人自然就少了，昔日那些老友眼看着一个个入了

1 日本大正天皇时代的年号，公元 1912 年 7 月 30 日至 1926 年 12 月 25 日。

鬼籍，外祖母的交际圈也比从前寂寥了许多，极难伺候的外祖父一离世，也不知是不是绷紧的弦松了下来，就连新年的习俗规程都统统省去了。有需要的东西，就让涩谷东急百货总店的私人导购部直接送上门，年菜则从常去的高级餐厅订购，家里最多也就做个汤年糕。这几年外祖母连这些事都懒得张罗，年末和新年三天索性住进帝国饭店，悠悠闲闲省心省力。

外祖母第一次在帝国饭店过年时，家里的女人们个个兴致勃勃，对饭店地下的购物街和附设的商场满心好奇。除香奈儿以外，有皮草、珠宝专卖、服装和古董，排列在一起的店铺门面不大，弥漫着昭和[1]年间的老派氛围，走走逛逛倒也觉得赏心悦目。华子的母亲和两个姐姐似乎也很中意这里，颇为享受在此浏览橱窗陈设的时光。自那以来每年元旦，一家人围聚在外祖母身边享用完午餐，等香津子一家出发赶去公婆那儿之后，母亲和华子便会开开心心地陪着外祖母把

1　日本昭和天皇时代的年号，公元 1926 年 12 月 25 日至 1989 年 1 月 7 日。

商场的角角落落逛上一遍。外祖母每次都兴致极高，忙着给家里人挑选：这东西适不适合香津子？那一款华华用不错啊！难得有几次外祖母掏了腰包，华子虽然面露欣喜，道一声“哇，谢谢外祖母”，可这样的地方到底不会有她真心想要的东西。所以到最后，那对一次都没上过耳朵的珍珠耳环，还有那件时下不知可以穿去哪儿的做工精细的针织衫，如今都长眠在华子家的衣橱里。

在这一点上，大女儿香津子却是半点不含糊。一有机会见外祖母，必定会穿戴上外祖母给买的东西。有一年是单钻戒指，还有一年是外祖母给她的皮草围脖，就连那条说是送、其实一半无异于强塞给她的围巾，她都会系在爱马仕铂金包的提手上带过来。

而向来直言不讳的麻友子，则无论外祖母推荐什么，只要不合自己眼光，便会直接说“我不要”、“有想要的我自己会买”，半点不肯让步。站在外祖母的角度，那态度自然一点都不讨喜。不过话说回来，若是没有麻友子那样的人，很多事还真定不下来。

“对了，华子要介绍给大家的人呢？在哪儿呀？”麻友子说着两只眼珠转来转去环视包厢，动作里倒是没有任何戏谑调笑的意味。

听到这话，排坐在长桌两侧的榛原一家，目光齐刷刷投向了离门最近的那张空置的座椅。

当事人华子也不作答，依旧默默动筷吃菜。

华子从小到大总是笑意盈盈、谦恭礼让，也就因为秉性如此，她遇事不爱明说，一来二去家里人便养成了习惯，不自觉地会去揣度她心里的想法。尤其是母亲京子，眼明心亮，她一看华子也不与家人商量便辞去了工作，心下就猜测八成是交往许久的恋人终于求了婚，这孩子想必是要准备出嫁了。

为此京子故作轻松地抛出引子：“要是有男孩子想介绍给家里人，元旦那天大家跟外祖母吃饭的时候带过来呗。”

华子也不置可否，仅拜托母亲：“那就帮我多添一个位子吧。”

可真到了这天，却没见像是男友的人露面，也无半分将要露面的迹象。母亲京子和被京子事先通了消息的香津子，因为没见到华子的恋人，等于扑了个空，旋即意识到怕是出了状况，故而佯装无事，不动声色。可唯独另一位逮到这消息的麻友子，凭着她天生缺根筋的特质硬生生插了一刀。

“怎么了？难道我说错话了？”

“说什么呢？怎么回事？”对此一无所知的外祖母自然一头雾水，宗郎和真也是一脸疑惑。

京子见状忙拿出一副轻飘飘的调子出面打圆场：“也没什么，就是我想着不如把华子的男朋友叫来吃个饭，所以多订了个位子，不过看这样子是不会来了。”

外祖母听后，果断利落地扔出一句：“这可不是多个位子少个位子的问题，来就来，不来就不来，不说清楚店家也会为难。我说华华啊，你可不能随随便便跟那些不三不四的人交往，听到没！”

被外祖母训了一通，华子重重点了下头，表情晦暗。

“你脸色不太好啊……”母亲忧心地说，华子长吁短叹，推说“没事”，可那样子根本不可能没事。

其实就在先前没多久，她刚和那位本打算今天请来做客的恋人分了手。且还是华子被对方甩了。

华子的男友从小学起便在庆应幼稚舍就读，大学毕业后进了大型证券公司，父母在东京市区有房有楼，从某种意义上来讲确实是典型的黄金单身汉，也是华子理想的婚配对象。男友比华子大三岁，两人交往时他已经二十八。他常说些什么不能见色忘友之类的漂亮话，拉着学生时代的朋友四处玩乐，而把跟华子的约会抛诸脑后。不仅如此，还隔三岔五在脸书上发布那些定格下一个个充实假日的照片，单从这一点来看，其实就足以感受到此人远远没有享受够悠游自在的单身生活。

可华子不同，她交往没多久便下定决心要和这个人结婚。因为二十五岁才跟对方交往，华子原本就觉得迟了许多，而对两人看不到定数的未来，她更是按捺不住地心焦。华子一直在等，等他那句“我们结婚吧”。左等右等足足等去了两年时光，她内心的焦躁无以复加。两年的青春对二十多岁的女人而言是何等宝贵，男人只怕永远不会懂。华子每每看到男友脸书上花花绿绿、及时行乐的照片，心情总会变得难以言说地灰暗。不过在他面前，她自然不曾流露出这些不愉快。

“看到你的脸书了，玩得好开心啊！”华子顶多发些不痛不痒的感想，加上几个表情符号，以此来展现自己的宽宏大度。

对于结婚，他到底怎么想的？

他究竟明不明白，跟一个过了二十五岁的女孩子交往意味着什么？

虽然想要责问的心情与日俱增，可华子终究不是一个能够当面对男人吐露心声的女人。这一切她都不曾表露在脸上，从头到尾只是殷勤周到地嘘寒问暖且言听计从，时刻提醒着对方自己必能做个贤妻良母。

去年元旦还发生过这样一段插曲。

二人去神社拜新年第一拜，结束后刚回到男友的公寓，华子便急急忙忙套上围裙，做起了汤年糕。她把买来的食材在厨房摊开，还特意从自己家里拿来高档漆碗，准备得堪称完美。华子这份清汤年糕不仅放了现烤的年糕，还加了小松菜和鸡肉，最后以罗汉橙调味。

“哇噢，厉害啊！完全复制了我们家的味道！”男友起初很是叹服，后来回想起华子曾三番五次追问他父母家的汤年糕做法，似乎察觉到了华子的用意，顿时觉得她这份周全的心思颇有些沉重，于是再三叮嘱华子明年无须再做。

华子就是这样，偶尔会做些既老派又笨拙甚至有些愚不可及的事来夸耀自身的贤良，可在男人眼里，这无异于拐弯抹角地逼婚。其实只要稍稍想一想便能意识到她的行动只会把男人吓退，但可惜华子看不透这一点。

这很大程度上归因于华子从小到大所处的颇为特殊的教育环境，她小学到大学念的都是天主教会办的名牌私立女校，规矩严苛且环境单纯，几乎可谓远离俗尘、与世隔绝。于华子而言，男人这种生物神秘而未知，根本不知如何与其相处。所以有时，她会做出那些堪称黏人逼婚女之典范的令人发笑的失常之举。

但在交往前，从华子身上你完全察觉不出她竟是这一类女人。以华子的姿容，只要参加联谊，必能引得一众男生抢献殷勤，对她礼遇有加。可一旦顺水推舟发展成恋爱关系，即刻风云突变，情势急转直下。不到三个月，对方便开始百般厌弃，半年过后，即演变成赤裸裸的不堪重负、疏远逃离，要不了多久便会提出分手。如此循环往复几乎已成常态。这也怨不得别人，作为一个女友，华子实在索然无趣。面对男人，她全然无法亮出自己。

像这般联谊时被众星捧月，交往后迅速被甩的遭遇也不是昨天才有，华子对恋人缺席的状态一度习以为常。闲暇时约上母亲或朋友购购物、旅旅游，偶尔报个班培养些兴趣爱好，日子倒也过得平和而有滋味。当然华子心里还是想要一个恋人，一直懵懵懂懂地梦想着早些遇见合适的人。虽然不知道外祖父那句“等华子长大了，外祖父给你找个好人家”究竟在自己心里烙下了多深的印痕，但至少从幼年起，结婚这件事早已被描述成每个人理所当然必将抵达的终点，灌输进了她的脑袋。也正因为如此，华子总以为自己即便什么都不做，也一样可以等到幸福降临。正是抱着总有一天王子会出现的这种无凭无据的信念，在闺房里一边安安静静地看着电视一边等待王子现身，打发走了一天又一天。

可就在去年，她内心的根基动摇了。她们六个从小学一直玩到大的密友中，有两人冲过了终点线，另外两人也已订婚，华子的那颗心因而整个燃成了一颗火球。不过她没有向任何人吐露，只是独自焦虑地咬着指甲。

终于，这份心焦脱了缰，逼急了华子。

她毫无预兆地辞去工作，催促男友说要介绍家里人给他认识。元旦聚餐那天，你就过来露个脸好不好？不用吃饭，聚餐结束后在大堂喝个茶也行。华子一下来了劲头："求你了，家里人早就想见你了，就依我这一次吧！"她尖着嗓子压出甜腻腻的声音，两眼放电一个劲地恳求男友。

不单如此，华子甚至要求对方元旦聚餐穿她指定的西服，一会儿又说希望男友最好能带些讨喜的伴手礼给外祖母，结果如此种种，耗光了男友对她仅剩的那一点点耐心。

“不好意思，我还是觉得不合适。今天的聚餐就算了吧。”

今天早晨，手机里突然来了这样一条LINE。

华子赶忙冲去男友公寓想劝他回心转意，可对方一再重复眼下不想结婚、时机不对，到最后终于提出了分手。就这样，华子带着满心沮丧坐进出租车，驶入了帝国饭店。

“华子，你倒是说句话呀，到底怎么了？”

华子猛然回过神时已被家人围在中间，像受审般接受众人的目光。

“问你话哪，你不是有事要跟我们汇报吗？”麻友子一句话堵死了华子逃遁的后路。

要是把刚才上演的那出惨惨戚戚、悲痛万分又有些滑稽可笑的分手闹剧，在这里一五一十统统倒出来，心里会不会好受些？虽然到最后还是把身体里几乎快要外泄的情感重新压了回去，但任谁都已看出她一定遇上了什么伤心事。

半晌，华子眉眼微沉，终于吐出一句："我跟那个……本来今天想带过来的男朋友……分手了……"

众口一音，漏出一声叹息。

一家人你看我、我看你，看样子逐渐接受了残酷的现实。

打破沉默的，到底还是麻友子："我说你们，就不能给她介绍一个吗？"

"啊？刚分手就介绍？也太快了吧……"香津子的丈夫真回道。

"什么快不快的！要是真想在三十岁前嫁出去，哪里还有时间给你慢吞吞地梳理上一段感情、休整疗伤?!"香津子也劝华子重新振作早早转舵，并急着催问真，"你公司就没什么合适的人？"

另一边，母亲京子则把话头引给了宗郎：“孩子他爸，还不快说，就是你那事！”她挤眉弄眼频频催促。

“什么事？”香津子歪头不解，麻友子见状接话道：“就是那件事呗！”说着有所示意地一笑，又把话头传回给父亲，“爸，机不可失哦！”

转了一圈，最终还是母亲京子代宗郎出面，挑明了话题：“华子啊，关于你结婚这件事呢，要是有可能的话，你爸一直都希望，你能找个骨科医生。”

“啊？”面对这突如其来的要求，华子心下一惊。

母亲接着道：“你爸知道你在跟人谈恋爱，而且是打算要结婚的，所以一直不好意思说出口。你也看到了，我们家这医院，这样下去，还真没人能接手。本来寄希望于你二姐麻友子，可她也指望不上了。前不久院里刚开了康复科，你爸说一想到医院到他这一代就要关门，到底于心不忍。就为这事，你爸已经念念叨叨烦了好些年了。”

对宗郎和京子这对膝下无“子”的夫妇而言，榛原骨科医院后继无人的问题多年来一直让人头疼不已。大女儿香津子不甘沦为家庭的牺牲品，早早嫁了在商贸公司工作的真。二女儿麻友子倒是进了医学院，可偏偏选了皮肤科而不是骨科。且麻友子年过三十也不见有结婚的迹象，后经二老好言相劝相了几次亲，总算运气不错嫁了个骨科医生。殊不料，刚过八个月便闪离了，二老的如意算盘到头来又是一场空。正因为经历了此般种种，宗郎本也不想把衣钵硬扣给小闺女华子，可盼着在年届古稀之前早早了却这桩心事的愿望终究一天强过一天。

“爸爸就是想让华子知道一下爸爸的想法，如果有可能的话，希望华子找个骨科医生，接管我们家的医院。”宗郎终于开了口。

也不给华子思虑的机会，母亲京子便从旁插言道：“不过妈妈我一直都觉得，只有跟喜欢的人在一起，对我们家华子来说才是最幸福的。所以妈妈不想因为家里的事拆散你和你喜欢的人，更不想看到你为了继承家业去跟自己不喜欢的人结婚。当年，我跟你爸本来想要个男孩所以才怀了第三胎，可生出来还是个女孩，那时候我就发过誓，绝对不再把继承家业这么个大包袱扔给自己的孩子。所以我也对你爸说了，医院的事就不要再跟你提了。不过，假如，我是说假如哦，华子有心见见的话……你爸这里也有几个不错的人选可以介绍，对吧？”

听到京子对宗郎的这一问，一家人屏住了呼吸，静待那一声回复。

“那是自然。”

宗郎的一句话令所有人欢呼起来。

“啊？怎么了？出什么事了？”从头到尾都在摆弄手机、全然没听进半个字的晃太忙抬头询问。

“你小姨华子要去相亲了！”香津子回道，但晃太似乎毫无兴趣，应了声“哦”，视线重又落回到手机上。

餐毕，一家人依照既定计划，在酒店内的照相馆拍全家福。每年元旦大家聚作一处，必定要来这里拍照留念，这已成榛原家的惯例。外祖母和母亲过去就热衷于在照相馆拍照，积存多年的相册，书架上早已塞不下；若有照得特别中意的，二人还会装裱一新，东一枚、西一枚地陈设在客厅各处。第一次来榛原家做客的人，得到的第一份“礼遇”便是观摩由精选相片组成的家庭相册，并被迫聆听一段家族史。对外祖母和母亲来说，家人好似一种无可替代的“成果”，如此宝贵之物，势必要前往照相馆郑重其事地拍下来才是。

香津子是三姐妹中唯一成家的人，这项传统自然被她传承了过去，直到晃太上中学之前，她一直在穷尽心思做剪贴相簿。有段时间，晃太那些被装饰得分外可爱的照片眼看就要盖没整面墙壁。无论是结婚照，还是夫妻二人外出游玩的照片，或是晃太在庆应上小学时去馆山参加海滨夏令营的相片，所有一切值得留念的都被整理得井然有序，收放在房间里，随时可以拿出来示人。

一直到站在照相馆背景幕布前的一刻，女人们仍在兴致勃勃地谈论刚才的话题。

“对了，如果真决定结婚，想过去哪儿办婚礼吗？”

“黄道吉日什么的早就会订满。”

“没错，最晚也得提前半年定下来。”

“何况要是办得太仓促，脸面上也不好看哪。”

香津子和麻友子早已把当事人晾在一边，自顾自聊得火热。

母亲和外祖母斜靠在长椅上，宗郎坐了张高背椅，三个女儿站后排；但三姐妹、真和晃太的位置迟迟定不下来，无论如何调换，总觉得哪里不甚协调。

“就在帝国饭店办吧，我也是在这里办的。”香津子说。

“我那时候是在君悦。”麻友子接话道，却被香津子戳了戳肩：“你离婚了，不吉利好不好！”

这时，摄影师动作夸张地挥了挥手，朗声提醒：“准备好，要拍了哦！”

“不知道华华单身的全家福，以后还会拍几次……”

听到外祖母嘴里喃喃蹦出这句话，也不知为何，华子眼中几乎要涌出泪水。今年一定要当新娘，她在心里默默立下新年的誓言，一边凝望镜头，一边独自沉浸在一个人的感伤之中。虽然这一刻，她尚未遇见任何一个能把她娶过门的人。

2

华子容貌端丽，家世也好，可偏就从小养成了咬指甲的恶习，且还单咬大拇指。虽然母亲见到了就会厉声斥责，她本人也颇为注意，但这个陋习直到成年都未曾戒掉。如若日常无事，也就随便咬两下过过瘾，但严重时却会咬出血来，心事一重，指甲往往惨不忍睹。母亲常教育她：女人打扮得再漂亮也没用，指甲糟蹋了，一废百废。仔细想来，华子从未向母亲倾吐过心中的烦恼。母亲京子与华子一样，也毕业于名牌私立女校，不过她不曾在外工作，直接嫁给了当医生的宗郎，是个典型的娇生惯养的富家女。许是因为这个原因，京子看问题视野狭窄、目光短浅，总爱先入为主但并无恶意地评断是非，或摆出些出自好意的大道理。所以，每次被京子呵斥“不许咬指甲”，华子只会慌慌张张地把手藏到背后，却不曾吐露半句“其实我也想改掉这坏毛病”之类的真心话。就性格而言，华子对谁都是这样。从不轻易向人倾诉，更不用说主动找人出谋划策。尽管也有几个从小学一直联系到现在的朋友，就连对她们，华子也做不到完全地推心置腹，对谁都不曾示弱过。

能让华子与之商量咬指甲这件事的，唯有那个名叫西田耀子的美甲师，她的美甲沙龙开在青山，华子每月光顾两次。耀子第一眼看到华子的指甲，当即意识到她有咬指甲的习惯，于是给她想了个妙法，且言语间字斟句酌：“大拇指这边稍稍保护一下比较好，加颗钻怎么样？您放心，不会搞得很夸张。”

华子选择的虽然是不张扬的法式美甲，但经由耀子那双手做出来，给人的感觉格外时尚雅致。而且华子每每下意识地把拇指伸到嘴边，那颗体量不小的饰钻就会触及唇部，激得她一下回过神来不再去咬指甲，出其不意地发挥出了防咬的功效。那之后，华子的美甲便一直交由耀子负责。久而久之，遇事不爱张扬、奉行保密原则的华子，有时也会放下戒心与她聊聊近况。耀子外表特别年轻，全然看不出已经三十过半，不过交谈之后能觉出她相当豁达，待人接物分寸拿捏得恰到好处，是那种可以交心的大姐姐。她住在代代木上原的公寓里，丈夫在商贸公司工作，家中养了两只贵宾犬，这间沙龙便是她自己开的。自从听耀子说以前在横滨一所新教教会办的初高中一贯制私立女校读过书后，华子对她愈发觉得亲近起来。不过，即便两人因为女校话题聊得特别投机，耀子也不会忘记必要的谦恭：和华子的名校比起来，我那学校就是给普通人念的。耀子颇懂得察言观色，目光极其敏锐，什么都瞒不过她。

一月中旬，华子照着预约时间出现在店里时，耀子一眼就从她的神情中读出了异样："出什么事了？"

"没有没有，没事。什么事都没有。我挺好的。"

"别骗我了。榛原妹妹就是率真，都写在脸上呢！”耀子将华子迎入店里领到座位上，热情得几乎要拥抱她。

沙龙坐落在青山的一栋格调不凡的老公寓里。二十来平方米的空间，目力所及全部统一成白色，伴着一段段柔和舒缓、丝毫不会喧宾夺主的背景音乐，美甲师和女顾客们东一桌、西一桌地聊着天。员工们都是白衬衫配黑围裙，只有店主耀子穿一件低胸的黑色T恤，干净利落。不知道是因为那头精心打理的头发颜色特别明丽，抑或是身材格外纤细，耀子周身散发着一股超凡脱俗的清雅气质，很容易让人以为是明星。

“可得给你补充点活力！”耀子一边自言自语般轻快地吐出这句话一边站起身，从架子上取下一只柠檬黄的小瓶走回来。

“啊，这个颜色会不会……”

“可以的，基本和平常一样，还是纯法式。就是把白颜色的地方换成这个黄的。不喜欢？”

“嗯……有没有再内敛点的黄色？”

“那要不选个接近蛋黄的？”

华子听后松了口气，点了点头，心情顿时放松下来，遂决定一五一十告诉耀子：“我元旦的时候……和男朋友分手了……”

“啊，这样啊。那可够难受的。不过，听说年底年初分手的情侣特别多。好多人都是圣诞节闹得不开心，元旦放假各过各的，然后就分了。这样的事可多了。”

听到这话，华子略感欣慰：原来分手的不只是自己。

“榛原妹妹多大了？”

“过了生日，今年就要二十七了。”

“这种时候，就要说自己二十六！就算是生日前一天，也要抬头挺胸地说二十六，知道不！”

耀子到底比华子在人生路上多走几年，心胸开阔。她会逗华子笑，还能给她出谋划策。这一刻，华子重新觉得自己真的只有二十六岁。虽然生日就在五月，年岁翻页的日子近在眼前。

“你也不想那么快就变二十七吧？”耀子一边一层层涂刷凝胶，一边低垂着眼睛问她。

华子出神地看着她挥洒自如似匠人般灵巧的手法，一边苦笑着答：“还真不想呢。”

“不过三十岁前后，其实挺开心的。”

耀子开始追忆三十岁前后的那些过往。她最早在亲戚开的服装公司做宣传，后来喜欢上了美甲，二十五岁辞掉工作，去夏威夷的美甲学院学了一段时间。回到日本后，工作几年积累了些经验，三十岁前开了这家店。很多东西过了三十才会有回报，二十多岁的时候就当是给自己投资，各种都试试，做做自己喜欢的事。虽然耀子这样鼓励华子，可华子却没有她那般的野心和自立自强的欲望，好些话都听得心不在焉。华子只想做个普通人，过普通的生活。普普通通地结婚，普普通通地生孩子，再把孩子送去一家口碑不错的私立学校，相夫教子好好守着一整个家。每年，一家人出国旅游一次足矣。剩下的时间培养些快快乐乐的兴趣爱好，悠悠闲闲地度过一生。

一想到自己年过三十或许都结不了婚，华子不禁陷入恐慌。必须赶紧找个人嫁了，必须快点遇见一个合适的人。她越想越觉得焦虑，甚至连此刻把手指伸在光疗灯下等待凝胶固化的这点时间，都觉得是不是浪费了。

辞去工作以后，华子的时间宽裕得不知如何打发，身边那些朋友里，工作日白天也能和她无拘无束见个面聊个天的，大概只有相乐逸子。相乐小学、初中、高中都与华子同一所学校，大学去了德国学音乐，现在因为签证关系，半年在日本，半年在德国。好久没见，一起喝个茶吧？华子联系了对方，很快收到了回音："威斯汀怎么样？"且对方还动作迅速地预订了下午茶的座位。

交由父亲操办的相亲毫无进展，转眼一月便已过去，时节即将立春。惠比寿威斯汀酒店的大堂里欢声笑语，几乎座无虚席，一群和服装扮的妇人发出一阵高亢的笑声。好几个身穿制服的侍应生穿梭忙碌，好一会儿也不见有人注意到站在入口处的华子。无奈之下，华子伸长脖颈朝里张望，只见先到一步的相乐正“这边、这边”地冲她拼命挥手。相乐留一头剪得齐平的黑色长发，深深窝在摆放得疏疏朗朗的沙发里，自有一种不加修饰的与众不同的气场。在德国练就的欧陆式漫不经心已经渗进她的骨髓，整个人坦然自在毫不做作，不论外表还是性格，都和圈子里其他女生不属一类。

“上回大家一起圣诞聚会后，我们还没见过吧？你倒说说，那聚会是不是糟透了？”相乐一边直率地问，一边伸手从侍应生端来的三层点心架的最下层拿起一块三明治，“都说人结了婚会变，居然还真变了！可把我吓到了！她们几个从头到尾说的都是老公怎么怎么样。这生活圈子也太小了！”

华子一边将嘴唇按在茶杯上，一边用目光表示了赞同。

确如她所言，上次六个从小学玩到大的密友聚在一起时，两位已婚人士只聊家庭，两位订婚人士只谈婚宴，和她们两个未涉婚姻的人全然没有共同话题，太让人扫兴。说是圣诞聚会，不过就吃了顿午饭，相乐故意当着她们的面以语相激："难道结了婚就没自由，晚上都不能出来玩了吗？"不想那两位已婚人士却答"那是"，还学女高中生拖长尾音，相互之间一个劲地挤眉弄眼。而她们所谓的话题除了发家里的牢骚再无其他，对其本人而言，家务繁重、丈夫不顾家或许是个严重的问题，可在依旧单身的华子和相乐耳中，听来都是些鸡毛蒜皮的琐事。她们这些女人，结了婚就好比坐上了一艘由男人掌舵的气派而结实的巨轮。而华子这边则是一艘随时可能被一个小浪掀翻的小船，且船桨还握在自己手里，别提有多忐忑。这些女人在游轮甲板上优雅地晒着太阳，稳稳盘踞在"妻子"这一坚如磐石的地位，她们所谓的烦恼可真是安逸闲适。后来，那两人都在感慨"太清闲了，真想快点要个孩子"，相乐听后当即顶了回去："这话就别说了，也太荒谬了吧？"那一瞬间气氛冻结，已婚加订婚人士与单身人士之间决裂的缝隙再也无法弥合。

相乐咬了一口威斯汀特制的奶油泡芙，旧事重提，又说起上次聚会："什么叫'太清闲了想要个孩子'?！那说话的腔调，听上去恶心不恶心！那两个人，以前明明挺爽利的。"

相乐许是因为留学在外，和其他人的来往断断续续，所以不曾发觉，其实华子她们进大学后，变化之大让人骇然。那之前，她们虽然惧怕严厉的修女，但所处的世界只有女人，平和宁静，行为举止无关性别。可高中一毕业，褪去那身土里土气的校服，虽说念的仍是女子大学，但社交圈子瞬间扩展，交男朋友顿时成了头等要务。每个人都开始暴露在男人的目光之下，身为女人的魅力日复一日接受着审核与评判，如此一来，无论主观意愿如何，自然会萌生性别意识，每个人都在心急火燎地学习梳妆打扮，学习男人喜爱的言行，学习如何讨好男人。出门不是购物就是联谊。华子也曾懵懵懂懂地享受着蜕变的过程，可偶尔触及自己内心，也会觉得有些落寞。华子她们中的大部分人并不具备驾驭时尚的能力，渴望借助服装表达自我的欲求极其薄弱。她们不过是被时尚杂志牵着鼻子，为了得到那种合乎规范的所谓“女人味”而不知疲倦地打磨自己。久而久之，便失去了自己原有的天真与纯粹，这也在所难免。

一想到在过去那个只有女人的世界里，她们几个好友之间的友谊曾经是那般平和，华子忽然觉得有些心痛。不过，也不等这心痛完全消退，她便顺着相乐的口气，像给对方打拍子似的附和道：“她们说的好多话，我听了也觉得好意外。还真是，变了个人呢。”

“那两个人就连生孩子都要商量好，说什么要在同一年生。这也太变态了。这样下去，跟我们这边，可就完全玩不到一块儿了。”

相乐说到“我们这边”时，还用手交互指了指自己和华子。这一来就好像被划进了“剩女”一族，华子顿时有些心塞。按理说，她本来并不属于这边。

已婚人士中的一人，就外表而言绝对不是男人会喜欢的类型。她长相刚硬，头发浓密，眉毛也是又粗又密，孩提时代还长了一嘴清晰可辨的胡须。因为那姑娘生在鹿儿岛，所以得了个与名字无关的绰号：西乡大人[1]。但自从她身体里的“女人”觉醒后，这绰号便成了黑历史，从此成为禁忌。在这之前，华子从未把“西乡大人”和身为“华华”的自己放到同一杆秤上称过，可因为在结婚这件事上猛然被那姑娘甩下一大截，华子身体里的一部分忍不住开始抽丝剥茧细细追究：自己到底输在哪里？究竟出了什么差错才会落到这般田地？想着想着，那一部分自我不由自主从心底生出一股恨意：“西乡大人”她凭什么?！结婚这场战争，可以让女人的面目变得无比狰狞。

就因为和已婚人士之间产生了隔阂，华子忽然觉得她与相乐的友谊瞬间升华。说给她听听也无妨吧，华子道出了自己的秘密：“其实我，和男朋友分手了。就在过年的时候……”

“啊？怎么会?！我都不知道。你连工作都辞了，我还以为你要准备结婚了呢。要不……我给你介绍一

1　日本江户时代末期的著名武士西乡隆盛，出生于鹿儿岛。

个吧？反正我不跟日本人谈恋爱。只要是我认识的男人，都可以介绍给你。”

相乐说着掏出手机，点开脸书，一边信手点来一边公布对方的家世背景：“这是个公子哥，庆应的，家里公司不大，是家中小企业，现在正在‘丸红’先历练一下。这人嘛，家在信州，据说在当地是个名门望族。这男人的爷爷开了家文具公司。这个人没记错的话，家里是开税务事务所的，他自己应该也考了执照。还有这个，是我在德国认识的，商贸公司工作，特别优秀，很有上进心，说以后准备去新加坡创业。这人应该最有前途，就是结了婚可能要跟他去东南亚。我感觉跟华子还算相配、条件又不错的，大概就这几个。都可以介绍给你。你挑吧，哪个好？”

华子笑着拒绝了相乐：“你别着急嘛！不用你介绍啦。你也知道，我们家是开医院的。所以我爸说，要给我介绍个能接手医院的人。你的好意，我心领啦！”

但相乐却给了华子一个不祥的预言：“你可想清楚了！父母找来的相亲对象从来不靠谱。”接着又建议说，“我倒觉得保险起见，跟各种人都见见也不是什么坏事。”

听了这话，华子顿时忧心起来，遂决定在等父亲安排的同时，也顺便见见相乐的朋友。

父亲那边相亲仍无眉目，相乐安排的约会倒是接二连三。华子依从对方指示，在东京东奔西走，来往于指定的餐厅或酒店咖啡厅。她不仅把自己精心装扮成符合初次约会的模样，还特意在离约定地点稍远的地方提前下车走过去，以免被对方撞见自己打车赴约，认为她缺乏经济观念。能注意的地方都注意了。不过，坐公交这件事本就不在选项之列。为了让双腿看上去更赏心悦目，华子穿的都是高跟鞋，即便只走上五十米都有可能倒地不起。

前来相亲的男人在人群中第一眼分辨出华子的身影时，表情定会变得松弛，就像悬着的心放下了一般。华子皮肤白皙，目光柔婉，看上去乖巧可人，给人的感觉极易相处，绝不会对男人构成威慑。单就第一眼印象而论，华子绝对是满分。若是再进一步聊上几句，她更是谨言慎行，言谈举止间都透出良好的教养。而这些男人从相乐处打探到的华子的家世与简历，也都无可挑剔。

可问题是，每当华子告诉他们自己辞了工作目前赋闲在家时，每个男人的脸都显而易见地阴沉下来。有人感叹一声“哦，这样啊”，当即便毫不掩饰地对华子失去了兴趣；也有人单刀直入随即就问：“赋闲在家是怎么回事？”还有人直截了当追问华子：“难道你是尼特族[1]？”

“不不，我不是尼特……”华子挤出本就仅剩不多的自尊心笑着回答，还赶紧改口说“严格来讲会帮忙做家务”，可这一改适得其反。“帮忙做家务”这种老旧过时且意义不明的工种，反而让这些男人打响了退堂鼓。

1　英语“neet”的音译，指不升学、不就业、拒绝走入社会，整日无所事事或沉浸于兴趣爱好中的一类人。

这些人基本未满三十，对妻子寄生在自己身上似乎抱有格外强烈的抵触。倘若结了婚生了子，家中事务日渐繁重，自然另当别论，但就常规而言，他们似乎更愿意娶一个拥有工作且收入稳定的女人为妻。至于那些一开始便暗示要当家庭主妇的无业女子，那是送上门也必须果断拒绝的。华子觉得仿佛只有她自己依然停留在昭和时代散发着霉味的老思想、老观念里，羞愧得只能一个劲、一个劲地缩起身子。就因为这样，和这些男人说话时，华子真心觉得自己凄凄惨惨戚戚。

那位在商贸公司工作、颇有上进心的男人甚至建议华子："做什么工作不要紧，我看你还是出去打打工比较好。"还加了句：顺便促进"精神卫生"。

可打工这件事华子从小到大都不曾体验过。她也被朋友拉去一些活动，做些类似学校艺术文化节后勤之类的工作，然后领些小钱。也曾有认识的外国夫妻托她帮忙照看孩子，结果拿到了一笔多得不可思议的零花钱。但涉及排班、时薪、打卡之类的工种，华子一次都不曾经历过。虽然她曾经一度萌生悔意：学生时代若是做些那样的工作就好了，但眼下年内必须结婚，已到了刻不容缓、时不我待的紧要关头，可不是做这些事的时候。华子没去打工，反倒定期去起了另一个地方。

华子学习和服穿着礼仪的学校设有讲师班。若只是想学怎么穿和服，中级课程足矣，但那样一来，便与普通职场女子的兴趣爱好无异。所以华子特意报了讲师班，姑且得了个学生头衔，四月起每周两次，一年学成。

讲师班的学生，除华子以外，均为已婚人士。二十多岁的只有华子，三十多岁也是独苗一枝，其余的少妇老妇皆为“妇”，华子看她们都是“阿姨”。第一堂课类似新生入学，所有学员坐成一圈轮流进行自我介绍。虽然多数都是育儿工作告一段落的主妇，但有的在金融企业做合同工，有的帮家里人打理祖辈经营的店铺，有的当盲文志愿者，有的做纸板工艺品做成了老师正在开班授课，一门心思专当主妇的人竟出乎预料地少。

在这群人中，华子这样介绍自己："我叫榛原华子。大学毕业后在化妆品公司工作，去年辞了职。现在……还没有结婚。等拿到讲师证，将来想给自己的孩子穿和服。"

其他女人纷纷眯起眼睛，抬头看着正当妙龄的华子："你看起来好年轻哟，还以为你是大学生呢。"

听了这话，华子的心情忽然好起来。因为是家里最小的孩子，所以若是一群人中最小的一个，华子往往能够适度放松下来。她娴静守分寸，虽然不会主动说些逗趣的话，但听人说话时必然笑意盈盈侧耳聆听。这样的华子，在阿姨们高雅同时又带些低俗的世界里颇受欢迎。学校开在银座，不时便会有"下课后喝杯茶吧"的活动。午后时分，顺道拐进风月堂之类的甜品店，混在前后左右谈笑风生的中老年妇人堆里喝着红茶，华子总感觉自己提前一步迈进了《家庭画报》的世界。

第一次被邀去喝茶时，许是因为班里只有华子一人特别年轻，阿姨们一上来便半是好奇半是关心地问东问西。

一位五十多岁的优雅妇人问华子："你还住在父母家？"

"是的，就在松涛那一带。"华子答道。

"哟，该不会跟那家榛原骨科医院有什么关系吧？我家住在驹场那一片，我们家老太太正在榛原骨科做康复治疗呢。"

"那医院就是我父亲开的。"

"哎哟哟，这可真够巧的。原来，你就是榛原骨科家大夫的女儿呀。"

说着说着又牵扯出妇人的哥哥竟与华子父亲是同校同学，且在同一学年，两人都感到颇为惊讶。这种惊讶，不是世界真小那一类的感慨，而是原来你我都属于同一世界的那种认同。在这里，"庆应"这个符号便有着这样的意义。这位妇人颇爱刨根问底，一群人以她为中心，话题忽而飞到东、忽而窜到西，东拉西扯跳脱得很。前一刻还在“和服就是好”，忘情地细数和服之美，后一秒忽就开始分享简单又美味的日常菜谱，聊起了看护老人的辛苦和孩子考试的烦难，转换之快让人头晕目眩。不同年纪的女人聚在一起，对话中显露出的生活样貌也是千姿百态。不过总体而言，此刻聚在这里的女人看上去都很幸福。家有余钱、生活闲适，最重要的是对妻子这个身份抱持超乎寻常的自信，这种自信近乎绝对。她们对自我身份的认同几乎都来自为妻为母，且这份认同牢不可撼。华子不禁想问：仅仅因为结了婚拥有了家庭，一个人就可以变得如此从容淡定、自尊自信吗？而她能够敏锐地嗅出其中微乎其微的倨傲，恰恰证明她尚未入手这份认同。

有个据说是住在自由之丘一间复式公寓里的新婚女子看样子很爱说话，使得聊天的气氛渐渐热络起来。她接连道出了一些掏心窝的话，如婆媳纠纷、不善下厨等，其间还蹦出一句“和我老公是通过婚介认识的……”，这句话不曾逃过华子的耳朵。

华子家在松涛有一栋小楼，二楼一角有个房间专放衣服，收存着祖孙三代五个女人的各式和服。房间里，六只大桐木衣柜一只紧挨一只，其中半数是华子母亲结婚时带过门的嫁妆，但母亲本人似乎对和服不感兴趣，加之颜色图案过于青春亮丽，结果正应了那句话："养肥了衣柜。"另外有两只，是外祖母因遗产税的问题而变卖广尾的家宅搬到附近一栋公寓时，因为公寓里放不下而寄放在华子家的，装的都是她几十年来作为日常装束穿的和服。剩下的一只，属于华子三姐妹。因为家中连续几代都有女孩，所以满月拜神社用的婴儿服、七五三节[1]穿的儿童长袖和服，还有成人礼用的正装和服，都出乎意料地一代代传了下来。大姐香津子和二姐麻友子结婚时，虽然早已不再流行"一衣柜和服作嫁妆"，不过家里还是给她们各做了一套最高规格的黑色礼服和一套丧服。殊不料，这二人

1　日本传统节日之一，定于每年11月15日，习俗是年满三岁、五岁的男孩及三岁、七岁的女孩，需穿上和服跟随父母到神社参拜，以保佑孩子健康成长。

却说不想为了区区两套和服买下一整只桐木衣柜，所以那四套和服便一直扔在这间储藏室里。

华子开始学穿和服后，一有空闲便来这间储藏室翻找，每每找到件还不错的，便摊在榻榻米上，一脸陶醉地远观近赏。如外祖母衣柜里的刺绣缎子腰带、墨色雪纺和服，以及条纹小礼服。甚至还翻出了黄底格纹绸和服，活脱脱就像古装戏里商人家闺女穿的，华子忍不住追想外祖母穿这身衣服时究竟年方几何。这些追怀旧日的时光，表象优雅，实则孤独。且还是那种世人皆在务工尽本分、忙忙碌碌生活，唯独自己孤零零地游离于这个世界，含着手指渴盼遇见一个适婚之人的孤独。华子明知像这样窝在家中绝不可能有奇遇发生，但她依然不紧不慢地沉浸在这段人生中突然降临的怠惰时光里。她心中那份本应投注给尚未遇见的恋人的热忱，偏就被倾注到了这些和服上，借此自欺欺人。

不过，外祖母和母亲却对华子突如其来的兴趣给予了十二分的支持：“也就是没结婚的时候才会有工夫琢磨这些东西，想学就去学吧。”二人还主动提出帮华子负担学费。

外祖母更是来了劲头，要带华子去日本桥逛她以前常去的和服店。华子推脱道：“还是想等确定真的喜欢之后，再考虑买新的。”和服这东西，未婚女子和已婚妇人所穿的样式差异极大，若是在这时候让外祖母给自己买未婚女子穿的，到底划不来，而且感觉也像在咒自己。但一想到要是让家人知道自己在顾虑这些，自身处境更显凄惨，所以华子一言不发，跟着兴致高昂的外祖母去了日本桥。日子一天天就这样逝去。

3

好不容易终于等到父亲拿来了相亲对象的照片，华子一脸为难地看着照片上的男子。不知是不是因为发型老气横秋，身材敦实笨重鼓鼓囊囊，对方看上去远比实际年龄大得多。不管挑出身上的哪个地方，华子对此人全无半分来电的感觉。

可即便如此，见面那天，华子还是斗志昂扬地挑了身华美的FOXEY连衣裙。地点就定在帝国饭店的休闲咖啡厅。形式颇为轻松，不吃饭，媒人与父母均不作陪，仅就相亲的两人直接碰面喝个茶。

华子比约定时间提前五分钟到达。问侍应生有没有姓“渡边”的订位，被告知没有，目力所及也未曾见到相像的人，便窝在侍应生领她去的沙发座上，独自一人静静等待。

等了五分钟也不见有人搭话，华子姑且点了杯饮料又等了十来分钟，可依旧无人现身。华子从父亲那里仅拿到一封权且算是简易版相亲简历的电子邮件，只写了男方父母家的住址、对方的学历、工作简历、现阶段职位、兴趣爱好及家庭成员，就是没有此刻迫切需要的电话和邮箱。

华子终于没了耐心站起身，心想是不是双方都不曾留意到对方而坐在了不同的位子，于是在咖啡厅里踱步搜寻起来。她参照手机里保存的相片小心翼翼地伸长脖子，竟发现就在她身后没多远，按理说绝对能看到华子的座位上，坐着个极其相似的男人。华子将那人的相貌与照片比对了几次，终于确定他便是自己的相亲对象。

“不好意思，请问是渡边先生吗？”

华子上前询问，男人猛然从 iPad mini 上抬起头，迅即回答“是”，似乎就在等待这一刻。

“我就是榛原，一直都坐在那边呢。”

华子虽然心里不解此人为何不主动与她相认，但还是露出一副过了约定时间非常抱歉的表情，可渡边却只回了句“是吗”，坐定在沙发上纹丝不动。

看样子他尚未点单，桌上仅放着一台 iPad mini 和一部苹果手机。

“那个，我座位在那边，已经点了喝的了。”

所以，既然你还没点单，还是你挪一挪吧？华子满心希望对方能领会她的言外之意，可从渡边这里她没得到任何反应。华子只能回到座位，拿起包包，无奈地换了座。注意到这一幕的女侍应，连忙将茶饮、冰水和湿毛巾装入托盘端了过来。华子向她道了谢："麻烦了。"可渡边却没有任何表示。

费了番周折总算在同一张桌面对面坐下后，华子再度审视起渡边的容貌。相比相片，眼前这张脸越发没有英气可言。听父亲说对方今年三十四，可长相全然不像三十多。相反，还丝毫不具备年长男人所令人称道的包容与主动，这一点就连华子都已觉察出来。

单论相貌，渡边给人的感觉倒也不到无可容忍的地步，不过他那件深灰色西服显然并不合身，皮鞋也保养不佳，干瘪粗糙；加之面色暗沉阴郁，头发和眉毛却又浓又黑，不免让人觉得邋遢。

女侍应恭敬地递上菜单，渡边粗鲁地嘟哝了一声："冰咖啡。"一点完单，接着便是无尽的沉默。渡边戴一副银框眼镜，在那对脏兮兮的折射出七色光芒的镜片深处，他的眼珠忽上忽下，一个劲地偷瞄华子。为了不让对方察觉到她心里泛起的轻微的厌恶，她对他依旧浅笑嫣然："这里人还挺多呢。"

"嗯。"

“我本来以为你会订位，报了名字，但是没有。过了那么久才接上头，真不好意思。”

“没事。”

“要是事先订个位就好了。”

“嗯。”

就华子而言，这句话语中带刺，是故意说给渡边听的，可对方却无半点歉疚。

眼前这男人由宗郎的朋友、一个医科大学的教授推介而来，说是一个敦厚老实的青年。“敦厚老实”这个词可真是方便，华子在心里念叨。只要老老实实坐等别人发令，就可以得到“好青年”的称号。

华子无奈只得主动对渡边说：“我这也是第一次，不太清楚到底该怎么做……”

“看得出。”

“……听说今天傍晚好像要下雨呢。”

“是的。”

“风也会变大。”

“嗯。”

对话总也继续不下去，华子耐不住沉默低下了头，注意到桌上放的脏兮兮的苹果手机和 iPad mini，于是抛出这样一句话："你很喜欢苹果公司的产品吧？"

总算觅到了天气以外的话题，华子松了口气，她自以为这一问妙不可言，说的时候还扬扬自得，但渡边却异常干脆地回答："不喜欢。"

"啊？！"面对这句意料之外的"不喜欢"，华子忍不住脱口追问，"可这不是苹果手机吗？这平板，也是 iPad mini 吧？"

渡边只答了声"是"。他所用的确实都是苹果的产品。可尽管如此，却无退让的意思，坚称不喜欢苹果公司。

"这……又是为什么呢？"华子问道，纯粹出于好奇。

这时，渡边将那副银框眼镜的鼻梁架向上一推："因为我讨厌乔布斯。"如胜利者一般，语带骄傲。

"……你是说史蒂夫·乔布斯？"

"对。"眼镜后面，那双眼睛里闪动着不怀好意的微光。

即使迟钝如华子，都不可能漏过他神情中流露出的某种莫名的优越感。华子心头涌动起一股让人抓狂的骚动。

我这究竟在干什么?！她忽就清醒过来。这么多年，华子从未认真思考过关于史蒂夫·乔布斯的任何事，但这一刻她忽就觉得，乔布斯竟要被这样的人讨厌，也够可怜的。

“这样啊。”华子摆出一副很无趣的样子说，接着又补上一句，“我对乔布斯倒挺喜欢的。”

“啊？”渡边似乎吃了一惊，开始支支吾吾、磕磕绊绊地讲述起苹果公司在中国的工厂剥削了多少劳动力。

华子在心里嘲讽：那你就抵制“苹果”不要买啊。她放弃了与此人做进一步的交流。

那位与华子在和服礼仪学校同班学习、家住自由之丘的新婚女子名叫茂田井美帆，两人因为年纪相仿，关系变得尤为亲近。在结婚这件事上，美帆是华子现阶段最信得过的领路人。华子向美帆道出今年开年以来的悲惨际遇后，美帆对相乐介绍的那几个男人表现得出奇愤怒：“现在的男人，真是一点没有养家的觉悟。我家里就跟很多人一样，爸是工薪族，妈在家当主妇，我也不是什么特别喜欢工作的人，所以从一开始就打算找个人嫁了，生个孩子，然后做做家庭主妇。可只要我这么一说，那些个男人居然就都被吓跑了。还说什么我们这一代跟上一代不一样，希望我继续做全职，一起养家糊口。如果实在有困难，做做合同工，或者打打临时工也好，多少帮家里挣点钱。可问题是，做家务、带孩子这些事，他们半点都不想碰，从一开始就打定主意全扔给女人，我说的没错吧？就比如我们家男人，一叫他做点家里的事，脸就拉得老长，家里气氛全得看他脸色，就跟昭和时代的老男人似的！”

下课后，在教文馆的咖啡厅里，美帆把华子找她商量的事搁置一旁，滔滔不绝地倾吐着素日的积怨。

“你觉得婚介怎么样？有用吗？”

“不管怎么说，我确实结成了婚，要说有用没用，应该还是有用的吧，只不过花的时间可真不短。我那时候选得也挺认真，大概用了两年……不对不对，三年左右才认识了现在的老公。之后又谈了一年恋爱，然后入的籍，所以前前后后加起来也要四年呢。”

“那么久……”

“差不多都要这么些时间吧。我以前也一天到晚痴心妄想，指望交往两个月就能闪婚，但其实这种事只在娱乐圈的八卦新闻里听到过。”

此话一入耳，华子自然绝望了。

因为这许多年来，她每时每刻都在赌这可能性。她不知多少次掰着手指计算，假设今天遇见一个人，两三个月之后订婚，花上充裕的时间筹备婚礼，入籍，三十岁之前生第一个孩子……陷在少女式脑回路里无法自拔的华子，曾经真心相信美梦可以成真。就因为这样，对那些在街上偶然有过一小点交集的令人心动的男子——咖啡厅里坐在邻座的戴眼镜男生、电车里站在面前的身材高挑的男子、电梯里与华子二人同乘的温文儒雅的男士——她都会逐一萌生出恋爱的预感，恍恍惚惚做起白日梦。每每看着他们一如平常地从面前走过，毫无异样地隐入纷乱的人群，华子总会体会到一种失恋般的消沉。

“榛原啊，你心里可着急了吧，这心情我特别能理解！”美帆把一小块磅蛋糕轻巧地送进嘴里，给了华子一个同情的眼神，“我以前也求过各种各样的人，逢人就拜托人家给我介绍男朋友，可没几个真有行动的。好不容易介绍来一个，也是一言难尽。联谊的结果也差不多，基本都在磨人。那些来联谊的男人，不过是想找点乐子罢了。所以我就跟自己说，要是以后也有人找我介绍男朋友，那可一定要介绍靠谱的！”

说到这儿，美帆露出长姐般的慈爱：“我老公有个朋友，人还不错，要是你有兴趣，可以给你介绍一下。那个男孩长得不错，大学里是体育部的，人也风趣。我回头跟我老公说说。”

华子几乎想要抱紧对方，她一边双手合十做感谢状，一边连鞠数躬：“大恩大德，永世不忘！”

美帆、她丈夫、他们那位朋友以及华子四人约定聚餐的那天，恰好是气象厅宣布入梅的日子。

听美帆说，对方态度颇为积极。那男孩主动揽下了协调订位之类的杂务，给华子这边来了这样一封邮件：“你好啊！我和茂田井大学就一块儿混，跟他夫人也吃过好几回饭！他夫人让我见见你，把你的联系方式推给了我。方便的话，回头大家一块儿吃个饭吧！我来安排，麻烦告诉我哪几天有空！”

尽管字里行间逼人的气场给予华子些许的压迫感，不过如此积极主动倒是可以给个高分。尤其是在接触了那位体贴力为零的渡边之后，华子更是分外感动。

“去我常去的店可以吗？→ http://tabelog.com/tokyo……”

链接跳转过去，是家典型的超低特价平民酒馆。华子颇有些不知所措，但还是回了句：“好的，就这家吧。”

店内装潢处处透着廉价的简陋，恍似昭和年代。呛人的香烟烟雾、店员震耳欲聋的招呼，以及一桌桌上班族交杂成一片混沌。装扮得精雅整洁的华子就像走错了地方，她被领入预订的席位，与一位身穿T恤、打扮随意的男子相向而坐。面前的男子确如美帆所言，长相帅气，体格健美，一看便知是体育部出身。华子心头一紧，有了来电的感觉，但不料下一秒，他竟吐出这样一句赞美华子容貌的话："哎妈，长得可真标致！"

"啊??"华子仿佛被人掴了一掌，惊得下意识反问道。

长相确实无懈可击，可这说话的腔调，一听便是关西人，华子当下受了重击。虽然电视上常能听到关西话，华子对关西人也并非特别厌恶，但她的社交圈里不曾有任何朋友出生在关西，而她日夜幻想的闪婚故事的男主角里，也从未有过关西人登场。华子不曾想过，美帆给她介绍的男孩子竟有可能不是东京人。

"茂田井家那两口子看样子还没来。哎哟，LINE

来消息了。说：对不住，迟到十分钟。”

华子的表情阴沉下来，他紧追着问：“出啥事啦？肚子不畅快？”

“嗯，是有点……我失陪一下。”

华子冲去洗手间，发现那里居然男女共用；一推开门，就见坐便圈都未放下，里侧泛着黄渍、脏污不堪的部分直接裸露在外。

华子用手按住轻盈蓬松的裙摆以免触及门和墙面，想试着迈入一步，但最终还是作罢，返身回到座位。

“咋啦？”对方看出华子神情有异，担心地问。

“洗手间……有点……”

“哦哦，又有人吐了哈？”他似乎觉得有趣，咯咯笑起来。

“不，那倒没有……”

这种地方华子不愿再多待一秒，推说身体不适先回了，尚未点单便离店而去。

走出廉价平民酒馆一直走到大路边，华子求救似的扬手拦下一辆出租车："松涛方向。"

坐在出租车上，看着东京入夜后闪耀夺目的华灯，华子的心渐渐平静下来。就像在海边小镇长大的人看到大海便觉心安一般，在出租车上浏览东京街景让华子感受到一种说不出的安宁。

包里手机在振动，看了一眼，是美帆来电。华子心情沉郁地按下接听键。

"对不起、对不起，我们刚到，听说你已经回去了，吓我一跳。怎么了？他说你身体不舒服，不要紧吧？"美帆语带关切，说话上气不接下气。

华子连声道歉：你好心好意费那么多功夫帮我安排，实在太对不起了！但她绝口不提自己提前离开的真正原因。

华子理所当然地以为，和相乐，和美甲师耀子，还有那个丈夫从庆应毕业的妇人一样，美帆也是与自己同属一个世界的人。住自由之丘的高级公寓，工作日白天学和服礼仪，一个生活如此优雅的主妇，想必一定是这个世界的。既然同住一个世界，许多事情不言自明。就比如，给华子这样的女生，理当介绍什么样的男生。

她从未料想过，一步跨进外面的世界，便有可能如此这般被人莫名其妙地引荐给与自己毫无交集的人。她不曾意识到东京人来人往，形形色色，在不同地区出生长大、说着不同方言的人，理所当然会与自己意想不到地交汇到一起。刚才店里见到的男生，在华子眼中就像一个异邦人。他们从不知名的地方大摇大摆闯入东京，说着自己不熟悉的语言，还摆出一副主人般的嘴脸。这绝不可能是华子想嫁的人。虽然华子从未就结婚对象的条件列过清单，但就在今天，她痛彻骨髓地认识到，出生在东京绝对是位列第一的先决条件。在此之前，她对此毫无意识，以为理当如此。

换言之，于华子而言，东京也仅有画了圈的一小块地方存在于这个世界。说到底，介绍的对象还是需要由如相乐那般居住在这个世界的人先放进筛子仔仔细细筛滤一下，否则绝无可能。

经此波折，华子又回到了起点。出租车窗玻璃上有雨滴滑落，司机默默打开了雨刮。夜幕下的东京被雨水润湿后，霓虹晕染，分外撩人。这样的景色，华子也一样喜欢。当然，仅限于坐在出租车里时。

4

华子一度惴惴不安，担心自己必须找个人继承骨科医院，可万一喜欢上朋友介绍的对象那该如何是好，但这些天发生的事却让她这份杞人忧天显得滑稽可笑，养尊处优的她不免消沉了下去。“要不要去椿山庄喝个茶散散心？”应相乐之约，华子席间把日前的始末一五一十汇报了一通。

相乐一开口便毫不留情：都说好了要介绍女孩子给他，居然还跟你定什么廉价小酒馆，那时候你就该意识到有问题！依照她的观点：选什么样的店在某种程度上也能看出对方是什么样的人。其实华子从邮件里的链接看到那家店时也颇为失望，但因为考虑到若是以此为由拒绝见面恐怕会招致不好的误解，所以到底还是不情不愿地接受了。

“什么不好的误解？”相乐直视着华子问。在国外待久了，她就是有这样的毛病，对那些意会即可的说法，偏偏不愿在暧昧的氛围中听过就算，非要逐一刨根究底。

华子被她一问，不禁吞吞吐吐闪烁其词：“那不就是我想着对方说不定也是为我考虑，觉得第一次见面就去那种特别正经的店，搞不好我会紧张，所以为了方便活跃气氛，才挑了一家比较随意的店。而且……”说到这，她看了相乐一眼，似在暗示接下去才是真心话，“我可不想让人觉得我这人嫌贫爱富。”说着还颇为孩子气地噘了噘嘴。

“你累不累啊，像这样装得人见人爱的，不要那么拼好不好！”相乐笑起来，“我就受不了日本现在这个样子！男人约会把女人带去什么家庭餐厅[1]，还不

1　日本常见的餐厅样式，座席宽敞，性价比适中，可以久坐，适合家人聚餐。

允许女人吐槽！只要不走朴素路线，就会被人教育。要是有女人抱怨‘哎呀，不想去那么便宜的地方’，立刻就会被批评爱慕虚荣、嫌贫爱富。真受不了！假如让我遇到那种男人，果断拒了！”

东京椿山庄大酒店与任何一个公交站都相距甚远，交通并不便利，可即便如此，下午大堂咖啡厅依然宾客盈门，相乐与华子本想点一套英式下午茶，却因为不曾预订而遭婉拒。

“你看我们两个特意从很远的地方过来的……就不能通融一下吗？”相乐故作可爱央求侍应生，可对方毫不松口：“实在抱歉！”

相乐只得放弃：“算了算了，是我不好，怪我没预订。下次要喝下午茶，一定提前订。这次算长教训了。”语气干脆爽利。

两人各点了一杯混合莓鲜榨浓果汁，可又忍不住挺直腰杆伸长脖子、眼巴巴地看着送上其他桌的三层点心架。下层是黄瓜和自选三明治，中层放了好几种司康饼，上层则是法式牛奶冻与法式苹果布丁派。

“唉……居然吃不上……”相乐用吸管搅动着送来的果汁恨恨地说，但吸了一口，喃喃道声“好喝”后，心情立刻又好起来。

二人望着窗外郁郁葱葱的庭院，此刻外面下着小雨，还起了雾。

“真讨厌，本来还想去散个步呢。”相乐整个人窝进沙发，百无聊赖地拿手机拍庭院，然后说了声“传到 Instagram 上吧”，手指嗖嗖嗖地滑动起来。

“对了，是什么人把那么不靠谱的人介绍给你的？”

“叫美帆，和服学校同一个班的，刚结婚。”

“这样啊。”

“介绍的对象是她老公大学时的朋友。”

“哦。做什么工作？”

“好像在银行做。”

“嗯。那个美帆，她住哪里？”

“自由之丘。”

“应该不是从小就住自由之丘吧？”

“应该不是。”

“嗯。”相乐闷哼一声，继续问，“她不是东京人吧？”

“……嗯。我记得好像是福冈人。听说跟她老公通过婚介认识以后，才调到东京来工作的。”

“听人说，东横线，还有田园都市线上，住了不少爱跟风赶时髦的人。”相乐漫不经心地点评道。

华子想起美帆和那个长相帅气的关西小哥，相乐那句“不是东京人吧”顿时让她如醍醐灌顶。

东京这座城市，交织着各种由规矩和常识混合而成的共识，那些世世代代居住在这里的人自然一脉相承。这些人与近年从“外部”硬闯进来且居住范围不断向西扩张的新东京人之间，隔着一堵无形的高墙。只不过，这些事若直截了当一语道破不免被人觉得没教养，所以极少有人肆无忌惮地翻到明面上讲。但也正因为此，这类话题才更有意思。

相乐总结道：“我在东京待久了就觉得压抑，所以还是想去国外住。假如以后交不到外国男朋友，实在要跟日本人结婚，我肯定也会找个东京人，否则绝对走不到一起。”

华子听后用力点头。此前她从未在意过交往对象的出生地，也不曾对东京有过什么执念，但那不过是因为她交往的人都与她住在同一地界而已。

乌云散开一道缝隙，阳光照亮了椿山庄的庭院，相乐感叹“哟，比刚才漂亮呢”，再次把手机对准窗外。

“你知道吗？这地方原来是山县有朋[1]家的。”相乐一边秀着她的学识，一边连连按动快门。

那之后，宗郎安排华子与几位医生的相亲，无一例外都挥了空杆。从大仓酒店“ORCHID”餐厅、露台餐厅，到它的副楼“Kameria”，接连三次均以惨败收场，华子实在不愿再进同一家酒店，于是开始在各大高级酒店间轮番换场。新大谷、柏悦、半岛、康莱德、丽思卡尔顿、文华东方，地点虽然不同，内容大

1 日本明治维新时期的政治家、军事家。

同小异。相亲对象没有一人相貌看得过眼。唯一一个聊上几句感觉还算不错的，年纪与华子相差近二十。不管哪一个，都有难以容忍的缺陷，华子见完这个又见那个，却连半秒都不曾动心。渐渐地，她也开始面露疲态，越发心灰意冷。

盂兰盆节这天，华子一家先去护国寺给祖父家扫墓，事后在松涛的父母家聚会。傍晚时分，在陶盆上烧些麻秆，燃起灵火送先祖上路后，一家人撤去黄瓜和茄子做的冥马，仪式流程告一段落。此时，门铃准点响起，事先预订的鳗鱼饭送上了门。

“糟了，连晃太的份都订了吧？”

晃太夏天里得了感冒，没来扫墓，在自己家静养。

“他病了，你们还留他一个人在家？”麻友子问。

“家里有吃的吗？”母亲京子也忧心起来。

可香津子却不以为意，答道：“没事的。给他煮了粥，而且也没发烧。”但京子到底放心不下，拿个纸袋塞了一大瓶从爱媛订购的鲜橘汁，又放进好几袋说是治感冒有奇效的葛根汤，早早备在了大门口。

“可是给晃太订的鳗鱼饭怎么办？”香津子一筹莫展，她丈夫真处变不惊地接话道：“我帮他吃。”边说边摸了摸已开始有些凸起的肚子。

说话间，餐桌上已摆好碗筷，所有人相继坐定，打开了华美漆饭盒的盒盖。

这是一家人元旦以来第一次聚在一起，麻友子频频询问华子相亲的进展。一味沉默到底说不过去，宗郎终于道出了华子隔三岔五便去相亲的近况。

“那结果呢？见了那么多，全都没戏？”麻友子的问题直指核心，华子闻言，面色憔悴地挤出一丝笑容点了点头，那表情足以道尽迄今为止所有的惨烈。

“要找个可以继承医院的人结婚，还真是挺难的。毕竟，这蛋糕本来就不大。”真此言一出，任谁都深表赞同。

“更何况，当了医生都还没找到女朋友的，要么就是有什么怪癖，要么就是不太正常。”麻友子感慨地说，似乎感同身受。

这时，香津子一针见血：“要是这样下去，一年两年都没遇上合适的人，到时候华子都三十了，父亲你打算怎么办？”

“没错没错，很有可能，完全有可能。”麻友子也连声附和，“华子现在看上去一点精神也没有，真是可怜……”

香津子也忧心忡忡地接话道：“可千万不能只顾着找什么接班人，而误了华子的终身大事。看看差不多就适可而止，给华子松松绑，也让她见见医生以外的人吧。”

事实上，医生以外的华子也已见过几位，但同样没有中意的人，此刻香津子的一番话反倒让华子愈加感到形势严峻，内心越发焦躁。

“都这时候了，不是医生也没关系了吧？”京子窥探着宗郎的脸色。

“就是就是。实在不行，我们家就负责管理，外头聘个医生过来不也一样？”香津子提议道。

“总之一句话，华子为了这个家相亲也不容易，她的终身大事我们大家都有责任……是吧？”真也试探着总结了一句。

“要是真有合适的，我可就介绍了哦。都到这个关口了，比起家里的医院，还是应该先把华子的婚事安排妥当才行吧？都试了大半年了还没结果，也该想想接下来怎么办了！”麻友子说。

“孩子他爸，你看这样可以吗？”

京子此言一出，宗郎总算彻底断了念头。

就这样，麻友子给华子引荐了一位堪当典范的“庆应精英”。此人自信洒脱、彬彬有礼，五官也颇为俊朗，肤色晒成了大麦色。进职场已是第十五年，洋溢着成熟人士所特有的从容，事实上也散发着宝格丽Pour Homme男士香水令人愉悦的香气。他身形高大，上臂二头肌很是发达，身材锻炼得结实有型，即便穿着西服，胸部依然微微隆起。此人小学便在庆应，高中加入橄榄球社团，经历过每年夏季拉到菅平的魔鬼集训，是个标准的运动型男孩。

“背景什么的我就不废话了，一眼就能看出来吧。”

正如红娘麻友子所言，此人的简历与背景早已过分完美地书写在他的神情、体形、品位及举止当中。他姓龟井，有时会和麻友子他们一起聚会。

“我们见面好像都在六本木哦！”

“那还不是因为麻友子你住在君悦这片！”

“哈哈！这儿可是我的城堡！”

“华子小姐平时会来六本木吗？”龟井将问题抛给了华子。

“有时候会。”但事出突然，华子仅憋出这么一句。

接着，对话又变回麻友子问、龟井答的模式。

“小井有段时间常驻南非是吧？待了几年？”

“待了有三年呢。”

“派到南非，做什么工作？”

“碎木料交易。”

“这样啊，常驻国外很辛苦吧？”

“嗯，辛苦是辛苦，不过，不管什么都是历练嘛！”

“那边治安怎么样？是不是很不好？”

“还行，我去的时候世界杯刚开完，所以没那么危险。”

“那倒不错。那你不工作的时候做什么呢？”

“打高尔夫呗。”

“高尔夫啊。”

“那边可便宜了，气候又好，反正也没别的事可干。”

“哈哈哈！”

“回到日本，感觉只有高尔夫的球技长进了。”

“哈哈哈！”

“下次一起去打啊！”

“好啊好啊！约起来！”

两人谈笑风生，华子全然插不上话。麻友子说：相亲什么的好严肃，还是改改吧，不如就在君悦里的意式餐厅“佛罗伦萨”吃个午饭怎么样？华子应邀而来，却感觉自己像个在恋人约会时跟来凑热闹的小毛孩。

“话说回来，小井，我还以为你早就结婚了呢。看你脸书上的个人介绍，我都不敢相信，总感觉不是真的。”

“不瞒你说，我本来也想在去国外之前，先把婚结了。”

“我就猜到。”

“商贸公司很多人都这样。二十多岁的时候一般都会被派到国外，大家就借这个机会结个婚，带上媳妇一起去。”

“那你怎么还是单身？”

“那不就是……我求婚了，人家没答应嘛。”

“啊？为什么？！”

“说不愿意住到南非去。”

“哈哈，可以理解。”

“所以，我就只好一个人，孤孤单单地去了南非。”

“高尔夫不打得挺嗨吗？！”

“是挺嗨。”

“那回到日本之后呢？怎么样？是不是很有桃花运？”

“嗯，确实桃花满天飞。哈哈！”

“想想也是。那到底有多少桃花？”

“也没你想的那么多啦。其实也没那么夸张，不过，也可以算所向披靡吧。”

麻友子一边感叹“厉害啊”一边朝后仰去，继而又接了一句：“不行不行，还是算了，我可不想把我心爱的小妹交给你这么个‘炮男’！”

“什么炮男不炮男！你不要说得那么难听好不好！”

“怎么？又没冤枉你?!”

“在这么可爱的小姑娘面前，你可不可以不要说什么炮不炮的？你这人也真是！”

“算了算了，仔细想想，还是算了！一想到你当我妹夫……不行不行绝对不行！”

“搞什么嘛！不是你说要介绍的吗?!”

“哈哈哈！华子，不好意思，是我选错人了！”

和与骨科医生相亲不同，与这个男人见的这一面，在另一层意义上也让华子异常心累。单论各方面条件，此人在华子见过的男人中显然最为出挑，但他显然也有太多男人的臭毛病，爱逞能，是个圆滑世故的老油子。华子很快便表示自己与此人不合适，并在回家途中建议麻友子：“二姐要是想再婚，这个人不挺好？”但精明练达的麻友子却断言道：“这种男人才不会跟我这样的结婚呢。”华子不明所以，问“为什么”，可麻友子却并不相告。

5

接着，华子被安排去见姐夫冈上真介绍的律师。因为此前屡战屡败，华子心里已不抱期望，也不再想象对方会是何许模样，这一次甚至无心装扮：一条紧身窄口裤，一件藏青色T恤衫，再配一串“梵克雅宝”的长项链，手提篮子包，脚蹬运动鞋，为防止空调过冷，外面披了件小开衫，如此轻装便直接上阵了。

华子找到纪尾井町的法式家常餐厅“AUX BACCHANALES”，向侍应生报上姓名后，对方当即回了句“您朋友已经入席”，将她带上了露台。“下班后小酌一杯”的提议，还有“介绍人不用陪同也没关系”的表态，都来自男方。或许他早已习惯见朋友介绍的女生。可别像上次那个做贸易的那样轻浮，华子正思忖着，一眼便看见了露台席上的西服男子。

对方跷着腿，怡然自得地坐在椅子上，看外表温文尔雅，脸也长得清秀端正，整体感觉优雅时髦，却又不会显得高高在上。见到此人，华子顿时松了口气。

“是榛原小姐吗？幸会幸会，我是青木幸一郎。”对方一看到华子，立刻微微起身点头致意，露出一脸让人舒心的笑容。

侍应生拉出椅子，华子弯腰落座，青木幸一郎边看菜单边问：“榛原小姐会喝酒吗？”

“能喝一点……”华子答道，迅速偷瞄了一眼正低头垂目、视线落在菜单上的青木。他剪一头公子哥式的齐刘海短发，双耳外露，头发上略略抹了些发胶。华子凭直觉断定，这个发型只怕从小学时代起一直未变。对方长得说不上帅，但还算英俊。五官虽然称不上俊秀，却自有一种孩子气，能唤起女人的母性。那双拿着菜单的大手，还有修长的手指，格外漂亮。

“我第一杯还是要啤酒吧。给我来一杯‘福佳白’。榛原小姐呢？”

“哦，那我也要一样的吧。”

二人碰杯后各饮一口，话题先转向了介绍人真。

“榛原小姐是冈上先生夫人的妹妹，是吗？”

他所说的“冈上”，正是香津子丈夫真的姓氏。

“对，他是我大姐夫。”

“那冈上先生和榛原……恕我冒昧，能称呼你华子小姐吗？”

“可以。”

“那冈上先生和华子小姐，年纪还差挺多呢。就算跟我比，冈上先生也年长好多。”

“我是三姐妹中年纪最小的，跟两个姐姐差了十多岁，上小学的时候就认识大姐夫了。”

“原来是这样。我从去年开始接手冈上先生公司方面的工作，所以跟他认识还不到一年……是吗，你上小学就认识他了啊。对了，关于我的工作，他都说了什么？”

“只说你是律师，给他们公司做顾问，没错吧？”

“没错。对了，若不嫌弃，还请收下……”青木幸一郎似乎想起什么，翻了翻西服内袋，取出一只黑色皮革名片夹，从中抽出一张，双手递送到华子面前。他忽就进入了工作模式，动作变得毕恭毕敬。“哎呀，还真有点紧张。”最后还淡淡加上一句。

嘴上虽然如此表示，他这句“有点紧张”却感觉并非发自真心，充其量只是句客套话。他其实内心全然不曾起伏，但若如此，对华子未免失礼，所以客套一下说句应酬话。青木幸一郎给人的感觉不卑不亢，身上不会有任何一处让与之面对面的人尴尬不适。就这层意义而言，此人颇为老练。像他这种不容外人置疑的完美无瑕的气场，华子在其他场合也屡有领教。此人的脊骨中似有一根粗壮的神经贯穿首尾，让人觉得只怕他从未丢过面子这件东西。那是一种嘴上说“不好意思”，身上却连些微羞怯都不曾流露的低调的傲慢。华子将幸一郎的这种特质解读为“沉稳可靠”。

于华子而言，像此前相亲时见到的那些医生那样，因为紧张而把空气搅弄得异常尴尬的、忸怩拘谨的男人，她无论如何也欣赏不起来。而幸一郎稳健大气、成熟体面，单单是这样的做派，就已将华子俘虏。她可以想象只要躲在这个男人背后，自己便也能无须蒙羞地坐拥一种绝对的安全感。

幸一郎将第一杯啤酒一饮而尽，让侍应生取来菜单，提议下一杯换葡萄酒："我刚刚是吃了点东西过来的，我们接下去就喝点葡萄酒，点些下酒的小菜吧。华子小姐爱喝葡萄酒吗？"

"哦，好的……"

华子接到的邀约确实是"小酌一杯"，但她未及多想，来之前并不曾吃过东西。而此刻，她又羞于启齿，面对幸一郎"要个奶酪拼盘下酒"的提议，也只能回一句"好的"以示赞同。

幸一郎抬了抬手，叫住一个前前后后忙得一刻不停的侍应生，点了两杯葡萄酒和奶酪拼盘。

"我要红葡萄酒。华子小姐呢？"

“嗯，那我也要红的吧……”

难得侍应生问了句“二位不用点些吃的吗”，可幸一郎不为所动，摇头道：“不用了。”

差不多半杯红酒下肚时，华子终于忍不住怯生生地开口问：“不好意思，能给我看一下菜单吗？”

幸一郎打开菜单，一边递给华子一边说：“哦，想吃点什么吗？有法式咸派、牛排薯条、洋葱汤，看起来都不错。”

“你说的这些……我都想吃……”华子语带迟疑地道出了心里话。

“好，那就各要一份！”幸一郎快活地点点头。

一事如此，诸事皆然。幸一郎与华子对坐闲谈的这段时间，脸上无时无刻不挂着笑容，心情甚好。虽然他几乎从不放声大笑，但气定神闲的微笑从未断过。虽然年纪已经三十二，可外表和聊天的话题让人觉得远比实际年龄年轻，而那份沉着干练又让他看起来不止三十二。

平心而论，青木幸一郎比这数月来华子见过的任何一个男人都更得华子的心。因为这一场相遇，为那些无果而终、挥了空杆的相亲而浪费掉上半年的沮丧心情也都被抛到了九霄云外，华子顿时心如蝶舞，将手伸向了红酒杯。

“失陪一下。”幸一郎为去洗手间而站起身的瞬间，华子惊讶地发现他身材特别高挑，不禁多看了一眼。因为发型让脸看上去略显孩子气，所以他坐着时全然不曾注意到，而一旦站起，却发现他的身形格外帅气。两腿修长，身材匀称，高挑但不显单薄，那身藏青西服也颇为相称。看着幸一郎步履带风英姿飒爽地穿过餐厅，华子陶醉地感叹世上怎会有如此俊朗之人，她的心无可救药地闪出了电光。

走出餐厅，华子坐上幸一郎为她拦的出租车，借着酒意问：“还能再见面吗？”那声音似在央求。

幸一郎依旧挂着从容不迫的笑容，点了点头：“当然。”

华子初见一面便坠入了爱河，内心的波澜让她不知所措，一回到家就伏倒在床懊悔不迭。对方可能根本不想要我这么幼稚的女生！她越想越觉得消沉，一想到自己醉意未消还心急火燎地追问对方“能再见面吗”，更是悔不当初。懊恼的感觉如潮水般一波一波翻卷不息，每次袭来，华子都会恨恨地叹一声“啊”，或猛捶自己脑袋，或狠掐自己脸颊。不过，令她难以置信的是，那之后幸一郎竟屡屡邀她吃饭。

在幸一郎带她去的麻布十番的中餐厅，华子也是兴高采烈地度过了短暂而欢愉的时光。餐厅菜品精致美味，且幸一郎从小就随家人常来，年长的侍应生对他们礼遇有加，让华子倍觉体面。

之后的那个周日，两人在银座约会，看电影、吃晚餐。

华子和幸一郎都不是那种会为了一部电影而独自一人跑去影院的人，不过时下热门的影片也会有所关注，若有朋友相约，倒也无所谓好恶——只要不是过分小众——都愿意去看一看。这样的习惯并不局限于电影。华子从小就被母亲带着出入各种文化场馆，却不曾培养出特定的爱好。美术馆、歌舞伎、能戏、木偶剧、芭蕾、歌剧、古典乐，总会有票自动送上门，华子与这些并非无缘，但她始终没有特别着迷的。不过，因为频繁出入东京市中心的高雅文化场所，她的眼光倒是久经锤炼。

与华子交往过的为数不多的男人相比，幸一郎有些让人捉摸不透。自两人相识以来，他时常主动联系她，每周也必会抽出时间与她约会，对此华子固然心花怒放，但又隐隐觉得疑惑不安。幸一郎对华子彬彬有礼、温柔体贴，但流露的情感极其平淡，眼睛深处觅不到电光。站在华子的角度，她无从确证此人是否真心喜欢自己。幸一郎总是通过 LINE 以让华子安心的频率，发一些平淡无味并无实质内容的消息。他与华子约会也都中规中矩，几乎像在执行公务。每次见面，幸一郎都表现得极其绅士，无懈可击，让华子倍感舒心，两人也早已迈入了牵手、接吻的阶段。那份安心的感觉就好似坐在船上，有个人正帮你平稳而畅快地摇桨划船。就在华子感觉恍如某个午后被一阵暖风吹得迷迷糊糊、似睡非睡之际，她已不知不觉被人领入了下一个阶段。

6

数次约会之后，幸一郎邀请华子去轻井泽的别墅度假。

华子家在轻井泽也有别墅，小时候几乎每年暑假都会去玩，她对那一带颇为熟悉，自然欣然应允。趁此机会，华子询问幸一郎能不能将两人的关系告知父母。

“当然可以。”

幸一郎不是骨科医生，这一点颇令人遗憾，但毕竟两人已萌生爱意，也相处出了感情，事到如今也不能退缩。华子把心一沉，将这段恋情原原本本禀明了父母。

“已经要去婚前旅行了啊？”宗郎虽然颇感意外，

但语气显然是在为此番进展而欢欣鼓舞。看样子，没能给华子引荐一个合适的对象，似乎一直让他郁结在心。

单凭钟情于轻井泽且拥有别墅这一共同点，宗郎和京子对华子这位尚未谋面的男友早早便平添了一份信任。

旅行当日，幸一郎开一辆银色路虎来华子家接人，他在门口向出面相送的华子父母郑重致礼："叔叔阿姨好，我姓青木，正在与令千金华子小姐交往。"

那一刻，华子第一次听到他亲口将二人的关系定义为"在交往"，心顿时飞了起来。半信半疑稀里糊涂地谈恋爱，和对方明确无误地承认恋情，两者心态截然不同。如此一来，两人便是光明正大的恋人，华子终于谋得了一份心安。

华子父亲与幸一郎聊轻井泽聊得不亦乐乎。幸一郎说，他父亲是轻井泽高尔夫俱乐部的会员，所以那一带的球场已经打过好几轮。

"居然是轻井泽高尔夫俱乐部的会员，这可真够厉害的！”宗郎越发喜笑颜开。

“那么，令千金就容我暂借几日了。”幸一郎爽朗而不失调皮地说道，坐上了车。

“下次找机会一起打高尔夫吧。”

华子坐在副驾席上，略显害羞地看着父亲与恋人愉快相约。两人在华子父母的目送下，启程开往轻井泽。

车从富谷开上首都高速，经外环走关越高速，再转上信越高速，因为不时会堵上一段，二人从碓冰轻井泽交汇道下高速时，已耗去大约三小时。好不容易下了高速开到旧轻井泽一带，腹中早已空空如也，遂决定吃碗荞麦面。待二人等完位坐上饭桌，时钟已走过下午一点。

“周末还挺堵呢。”华子说着打开菜单，脸上掩饰不住远行的疲惫。

“我喜欢开车，不觉得辛苦，倒是你坐在旁边受累了吧？”幸一郎依然那么绅士。

吃完鸭汤荞麦面，喝了杯茶，稍稍缓过一口气，二人继续上路，朝别墅驶去。

车开入一处宽广的别墅区，落叶松与金合欢一望无际。路边堆起的用作分界的石块上，水润润的苔藓似绒毯般铺展，落叶如顶盖般轻盈地覆在上面。幸一郎打着方向盘，穿过一座古旧的砖砌院门，将车停在别墅前院的石子路上。

走下车，清新得略显扎人的空气填满整个肺部，华子终于真真切切地感受到此刻身处轻井泽。别墅外侧皆为木板墙，仿如一座山中小屋，与周遭景观和谐相融。虽然房子本身尚未奢华到可称豪宅的地步，但已然气派非常。

幸一郎取下行李，开锁进屋。门口玄关处贴有瓷砖，室内装潢也多用木材。房间里没有平常别墅散发的霉味与湿气，可见日常打理细致周到。地板上铺有米色密织地毯，一直延伸上楼，一阶一阶铺得满满当当。二人进屋时，中央供暖已经开启，温度舒适宜人。据说只要提前知会管理员，告知来别墅的日子，对方便会根据当天气温，帮忙烧好锅炉。

“感觉真不错。我们家的别墅在南丘那边，每次去都要忙着打扫、换气，一点都没有休假的感觉。而且冬天几乎从来不过来。”

“我反倒更喜欢冬天过来。在暖炉里烧些柴火，叫上几个朋友一起吃暖锅。”

“朋友？是同事吗？”

“不是。不工作的日子，我可不想见公司的人。基本都是学校里的朋友。”

“大学？”

“嗯，小学就认识了。”

他所说的小学，指的便是“庆应幼稚舍”。华子的父亲也从那里毕业，庆应小学出来的人同学情谊之深，华子看着父亲与其朋友的交往，早已深有体会。

“准备司法考试的时候，我还在这里住了一段时间，搞得跟集训似的。”

“集训？是和其他也要参加司法考试的朋友一起？”

“不不不，就我一个人，一个人的集训。”

“这样啊，不会孤单吗？”

“完全不会啊。很安静，可以集中精神。”

青木家的别墅处处透着昭和年代古色古香的韵味，华子刚一闻到这种颇为独特的古旧气息，立时便想起了外祖父母在广尾的那栋数年前被变卖的房子。那栋房子里一物紧挨一物，都是从欧洲各国收集来的古玩字画，在那宽敞的室内，时间仿佛停滞了。只可惜因遗产税的事，外祖母不得不出售那套房产，里面的东西也几乎被悉数变卖。相较之下，青木家的这栋别墅显然仍保留着高速发展时代的遗珍。

日西合璧的格状天花板，搭配茶褐色木板墙。地板上铺着波斯地毯，图纹采用立体切割，好似浮雕。客厅沙发为意大利制，裹以金银丝织布，餐桌正中的蕾丝花瓶垫上，霸气地放着一只沉甸甸的玻璃烟灰缸。房间墙面上四处看似漫不经心地装点着绘画和版画，还有一些分辨不出产自哪国的挂毯。

与此处相比，榛原家别墅的设计好似一对年轻夫妇贷款买下的现售房。外墙皆为镀锌钢板，所有房间清一色白色墙纸，里面简简单单陈列着简易家具，地板上没铺任何东西。素净、简约，虽也透着随处可见的时尚，但无可否认，这种“新”附带肤浅与廉价。因为担心遭窃，别墅里几乎看不到任何艺术装饰，就因为这样，内饰更显硬质而毫无温度可言。洗手间里挂了份免费赠送的、说实话也无他处可挂的广告日历。而青木家的别墅洗手间，推开门，迎面便是一幅金边装裱的素描，上前细看，竟然是藤田嗣治的署名“Foujita”。再回过头重新环顾室内，华子注意到随处装点的画作其实都出自名家之手，有滨口阳三的铜版画，还有梅原龙三郎的油画，华子顿时了悟于心。

在华子过去就读的学校，同一届里也曾混夹着一两个家世背景尤为显赫的豪门子弟。比如历史课本里名士伟人的后裔、财阀世家的亲属、改制前皇室贵族的后人，还有姓氏与建筑业巨头的商号一模一样的富家子女。越是这些人家出来的孩子，越朴实无华，为人低调，从不在人前炫耀家世或资产。华子一直觉得，青木幸一郎身上就带有此种大户子弟所特有的神秘气息。

那晚，二人去了青木家常去的鸡肉寿喜烧餐厅，华子按捺不住好奇，到底还是问起了青木家的事：“幸一郎是做律师的，那能不能问问你家里是做什么的？”

“简单讲，应该算流通业吧。”

“流通业？都做些什么样的事呢？”华子难为情地暴露了自己的无知，但得到的却是“比如把仓库租给别人”这一暧昧不明的答复。

华子终于没了耐心，试探道：“做仓库……真能赚钱吗？”

“嗯，应该还行吧。”

幸一郎始终含糊其词，具体情况摸不真切。最终，华子无法再深究下去。

一方面，顾及对方家中事务或许不便明说，另一方面，华子连自己家情况都不甚明了。父亲这边是医生，开了家医院，这还算明白；母亲那边经营着一家公司，但究竟是什么公司，雇了多少员工，收益如何，这些已然超出华子的认知。

不管怎么说，即便双方略有差异，华子与幸一郎同属一个世界，这一点已形成共识。出身、家世、学历，以及熟悉的地区，这些都完美重合。华子从小学念到大学的天主教名牌私立女校，也是幸一郎母亲的母校。而幸一郎小学起便在庆应就读，华子的父亲、姐夫以及外甥读的都是庆应。得益于此，两人见面次数虽然有限，但华子却感受到一种恍如与青梅竹马重逢般的安心。

这是位于东京核心的一个极小极小的世界。圈子小得出奇。除了这些圈内人，外人对此一无所知，也没必要知晓。它静悄悄、寂寂然，但因为隶属于这个圈子而产生的信任与安心，却无比之大。

二人早早回到别墅冲淋完，第一次睡在了同一张床上。华子久违地享受着被男人双臂紧拥入怀的温暖，任由身体沉浸在肌肤相贴的舒适与安逸中。从在“AUX BACCHANALES”初次谋面，历经数场约会发展到这一步，其实不过短短数月。但此刻，那段总也遇不到心仪之人、为了相亲而苦闷忧愁的日子，似乎已成遥远的过去，几乎被遗忘在记忆深处。

幸一郎呼吸深沉而平稳，似乎已然入睡，可华子这方却陷入亢奋，头脑格外清醒，怎么也睡不着。因为实在无事可做，华子将手伸向床头柜欲拿手机，就在这时！

在无边的寂静与黑暗中，幸一郎放在另一侧床头柜上的手机振动的同时，闪出一片炫目的光亮，华子心头一惊。她看了看身边的幸一郎，担心他被吵醒，却见他的胸部依然规律而平稳地上下起伏。

华子下床走到一楼，去厨房喝了些水，重新返回主卧室。正当她轻手轻脚关上房门时，幸一郎的手机再次振响。华子眉心微皱：到底什么人，懂不懂礼数，这么晚还发消息……她下意识地看了一眼手机屏幕，LINE 发信人的名字映入眼帘：

“时冈美纪发送了一个表情。”

周六深夜发送表情，这样的女人必然跟他关系暧昧。仅一刹那，这个人名便烙刻在了华子的记忆里。

不愉快的感觉与隐隐的担忧在华子心底如旋涡般

打转，让她越发难以入眠。她背对幸一郎滑亮自己的手机屏幕，试着用谷歌搜索“时冈美纪”。信号不佳，半天连不上，华子愈加焦躁，不过一连上便跳出了脸书主页。华子本想浏览页面，但对方不对所有人公开，探查不到任何信息。唯一可见的，只有一张数月前更新的头像。上面是个长发、苗条、略显妩媚的女人的背影。

第二天一早，经幸一郎提议，二人外出散步，一直踱到万平酒店，在露台咖啡厅吃了个早午饭。天气虽然晴好，但上午气温不高，呼出的气息略略发白。华子如少女一般，边走边踢地上厚厚堆起的落叶。她左手许是怕冷，缩进了风衣口袋，右手则与幸一郎牵在一起。

道路尽头有一条小路，两旁金合欢林立，这条路被称为“疗养院之路”，又名“絮语小径”，据幸一郎说，得名于堀辰雄的小说。他还告诉华子，虽然具体地点未知，但这里过去确实有过疗养院。“疗养院”一词听来似有一种世事无常之感，华子忽然便有些迷醉。出生至今，她第一次体会到了游客对轻井泽所怀抱的那份浪漫。

华子自身关于轻井泽的回忆，不是无聊，便是打发无聊。只要一放暑假，不管愿不愿意，都会被父母例行公事般带到这里。于她而言，轻井泽便是这么个地方。和忙着跟同样来度假的左邻右舍礼尚往来的大人不同，对孩子来说，这里除了花草树木再无可玩耍的东西，绝不是什么游乐天堂。而所谓的“气候宜人”，在孩子眼中反倒难以尽兴。既然要热，那就越热越好，索性搞得大汗淋漓，如此一来才有玩闹的感觉。可到了这种地方，难得夏日才有的热烈，却被不折不扣地“降温”了。

更何况，平日在东京把孩子奉为国王百依百顺的父母，一到这里似乎就沾染上了外国习气，竟公然对孩子摆出厌弃的嘴脸，自顾自去参加家庭派对，作为孩子自然更觉不爽。而且，华子与两个姐姐年岁相隔又远，家中没有玩伴，虽然在别墅区也结识了几个合得来的朋友，但华子天性怕生，跟别人混熟总要花费数日，等她交上朋友，回东京的日子已近在眼前，反倒更加深了离别的孤寂。综合这些，华子记忆里的别墅假日，可不是什么珍藏在心的闪闪发光的回忆。

“其实我也一样。”幸一郎把茶杯举到嘴边，浮现出一丝清浅的笑容。

“真的吗？”意外发现两人孩提时代竟然经历相仿，华子内心雀跃不已，连声音都高出几分，“每年都去一样的地方，对小孩子来说真是蛮痛苦的。”

“是呢，难得出门一次，还是想去不一样的地方。”

“我们家旅游大多定在五一黄金周，所以放暑假的时候每年大同小异，没什么变化，无趣得很。”华子说完喝了口红茶，这天早上她忽就变得话多起来。

万平酒店历史悠久，约翰·列侬生前避暑度假必居此地，酒店内的阿尔卑斯馆 1936 年落成，处处洋溢着古典的雅韵。这一时段，露台咖啡厅几乎满座，客人大多上了年纪，与华子相仿的年轻女子再看不到第二个。

许是因华子的回忆有所触动，幸一郎也开口追忆往昔："不过，我倒没有那么讨厌这里。小的时候常常拿着抓虫子的网兜，跟这边的孩子一起在这附近跑来跑去。"

"真的吗？太难以想象了！总感觉你应该很怕虫。"

"现在是挺怕的，那时候不还小嘛！帮我们家打理这栋别墅的人，他儿子刚好和我同岁，名字叫健介，那可是个捕虫小能手。有一次，他还抓到过一只大得吓人的大锹甲。"幸一郎说得兴起，用手指比画起当年那只大锹甲的大小来。

华子满眼含笑，温情脉脉地凝望着他。

"在东京的时候，母亲总是紧张兮兮，我不管做什么，她都要指手画脚，但到了轻井泽，反而就不管我了，所以还挺开心。对了对了，我跟健介，还有我姐打过UNO牌，玩过大富翁。那时候健介家有超级任天堂的游戏机，所以我们经常会跑去他家，蹭饭吃，还一起过夜。"

"姐姐？你有姐姐？"

"嗯？没跟你说？"

华子愣愣地点了下头，问：“你姐姐，现在在做什么？”

“她结婚了，常住伦敦。我跟我姐现在还可以，但小时候关系可僵了。我记得有一次，还跟健介一起挖了个陷阱，骗我姐掉进去，把她惹哭了呢。”

据幸一郎说，他姐姐因为不愿顺父母的意走音乐这条路，所以去了英国留学，主攻西洋美术史，毕业后在画廊工作。如今她已在国外住了十年有余，英语顺溜得跟当地人几无差别。

“上次回来，我跟她聊了两句，她说日语反倒有口音了！”此事似乎戳中了幸一郎的笑点，他极为罕见地放声大笑。幸一郎真心发笑的时候，会流露出极其轻微的鄙夷的味道。

“你居然还会惹哭你姐姐……真没想到，小时候竟然是这么个淘气的公子哥。”

“也可以这么说吧。在庆应上小学的基本都这样，大家都野得很。”

听幸一郎追忆越多幼年时的往事，华子对他越钟情，也越想了解更多。听着这些孩提时代的故事，华子甚至觉得她对幸一郎的情感，正由那种喷薄而出的自私的爱恋，逐渐转为平和而深沉的对家人的眷慕。

“对了，华子小姐。”幸一郎转向华子，神情异常严肃。

“怎么了？”

“关于昨晚的事，华子你……”幸一郎突然省去后面的尊称，认真地问，“怎么想？”

啊？！华子失声惊道：“什么怎么想？！”她不禁坐直身子反问对方，以为幸一郎是在询问她对昨夜云雨作何感想，着实吓得不轻。

但紧接着，从幸一郎口中听到的却是这样一番话：“我一开始就打定主意，如果遇到合适的人，要好好交往，然后把对方娶过门，那天就是抱着这样的想法跟你见面的。华子你呢？”

“我……”想结婚想疯了！那般迫不及待的心情不知何时竟已消退，此刻只想平平常常、安安稳稳地多多陪伴在幸一郎身旁，这是华子最真实的想法。当然，前方若能有“结婚”这样一个终点，自然求之不得。“我也是……认真的。”华子作答时直直凝望着幸一郎的眼睛。

“那好，你可愿意做我妻子？”

“啊？”对方竟无半点羞涩，如此直白地道出了这句话，华子惊得愣住了。

“不愿意？”幸一郎虽是在谦和地征询意见，但他的求婚仍带有极其微弱、极其隐秘的居高临下的色彩。无从知晓这是否源于他与华子年岁上的差距，抑或源于他对自己这套“特优房产”所抱持的压倒一切的自信。

幸一郎颇有绅士风度，态度中不曾显露半分傲慢，尽管如此，一向给人以从容不迫的印象。此种印象来源于他的言谈风度，散发自他的一举手一投足。在华子看来，那既是一种令人心安的可靠，也是让她怦然心动的男子气概。

你可愿意做我妻子？经此一问，华子忽就醒悟了。她渴望纵身一跃，跳上幸一郎驾驶到她面前的气派坚固的游轮，尽可能安逸舒适——就像她二十七年来未出阁的生活一般——悠游自在地度过一生。这一辈子，她只想泡在舒暖惬意的温水里。这便是华子自己都不曾意识到但却最本源的、与生俱来的内心愿景。

“没有不愿意。”华子嘴角一紧，抿嘴摇头。

“那就是，OK？”

华子重重点了点头，面色肃然：“……OK。”

“你这表情，真的开心吗？”幸一郎看到华子僵硬的表情，似有些于心不忍，展颜一笑问道。

“开心。”华子像个年幼的孩子鹦鹉学舌，点了点头。她吃了一口端上桌的苹果派，可心情尚未跟上节拍，全然品不出苹果派的味道。

“好吃吗？”幸一郎问，华子答：“不知道。”

幸一郎哈哈两声，淡淡笑了起来。

7

“最近怎么样？过得还好吗？”

华子洗完澡，正慵懒地坐在自家客厅里，看到相乐发来的消息，啪一下弹坐起身，三步并作两步冲回房去。

九月认识幸一郎，十一月对方求婚，如今华子已有婚约在身。两人的关系进展过于迅速，华子甚至未跟相乐汇报过一桩一件。原先与相乐喝茶聊天的时间，后来都花在了与幸一郎的约会上，也难怪。

曾经与相乐那般频繁地碰面，可如今婚约一定，比起单身的相乐，华子更渴望与密友中那些已然疏远的已婚及订婚人士聊一聊。虽然她也惊讶于自己的薄情寡义，但这却是她此刻最不加矫饰的真实想法。婚礼该如何操办，见对方父母穿什么衣服，华子内心的疑问堆积如山，迫切想找人指点迷津。

华子并不觉得相乐会因为她要结婚而心生嫉妒，但可以想见，相乐将不可避免地品尝到失去友伴的孤寂，单凭这一点，足以让华子迟疑不决。不过，她到底还是对相乐和盘托出，讲述了她与幸一郎相识的经历，以及对方的为人。

电话那头的相乐一听华子已接受求婚，当即便说：“我就猜到是这样！”声音明快得似乎闪出了光彩，“哎呀，真太好了！华子终于找到合适的对象了！想你那时候，简直就像被逼到了穷途末路似的。”

华子连声道歉，说自己不该不与她联系、见色忘友，同时脸上露出释然的笑容。

“叫青木幸一郎？好名字啊！是做什么的？”

“做律师，在我大姐夫工作的商贸公司当顾问。”

“哇噢，不错呢！那家里是干什么的？”

“这个，我到现在都没弄明白……他说做什么流通业，可我完全不知道到底做什么，仔细问了下，说是把仓库租给别人。”

“哦，那也就是说，家里有地吧？”

“是吗？我也搞不清楚……”

“那他父母家呢？去过没？”

“还没呢，说是在神谷町那一带，年初的时候家里人会聚聚，说好到时候过去打个招呼，见见家长。”

“神谷町啊……我可不可以用青木幸一郎的名字

搜搜看？脸书账号总有吧？”相乐刚一发问，也不等华子表态，便搜索起来，说，“哎哟，居然有青木玲子。青木幸一郎，青木玲子，这两人什么关系？难不成是姐弟？”

相乐在幸一郎脸书账号的好友列表里发现一个熟悉的名字，顿时来了兴趣，声音都亮了起来：“这个青木玲子，我以前在小提琴比赛上碰到过几次，长得可漂亮了！高高瘦瘦，就像个模特。我那时候还挺羡慕她的。琴拉得又好，跟的老师也是名师。不过她本人好像并不想搞音乐，听说后来没去音乐学院。我记得好像说是出国留学了……”

“嗯，幸一郎说他姐姐一直住在伦敦。”

“真的吗?！那就是了！肯定错不了，你这个幸一郎就是青木玲子的弟弟。他们青木家，以前好像还出过政治家呢。我印象里听我妈说起过。”

“政治家?！”华子不由惊呼一声。

相乐沉思片刻，问华子知不知道他父亲的名讳。

华子拼命回想在轻井泽别墅前看到的门牌。青木幸太郎？青木幸次郎？华子连蒙带猜胡乱报了几个给相乐。相乐当即全网搜寻，没多久便锁定了颇像是幸一郎父亲的人。

就网上寻获的几篇文章和维基百科上的信息来看，青木家堪称豪门大户。

“你看你看，这上面说：青木家第一代在江户时代主营批发贸易，为各类商船供货，人称‘海运大亨’，与当时越后一带的石油大亨中野贯一齐名……天哪！不是开玩笑吧？”

“海运大亨”之类的说法洋溢着幕府末期的摩登气息，相乐不禁扑哧一笑。华子起初也似笑非笑、半信半疑：“什么嘛！”可连看数篇文章后，竟觉得可信度越来越高。

几乎可以断定，青木家祖上显赫一方，主要与商船做贸易，是当地的名门望族，历代都在政界坐拥一席之地。祖上数代人原在县议会出任议员，后来出了位能人升任众议员，并在“二战”后坐上了运输大臣的宝座。据记载，该人娶了子爵家的千金，夫人原为皇亲国戚，后因国家改制才失去了贵族身份。

“厉害啊！华子，你这可是钓到了一个乘龙快婿啊！”相乐换上一副八卦口吻调侃道。

“可是……要真是这样……还真有点不敢嫁了……”华子却面色铁青。

见华子竟打起退堂鼓，相乐当即反驳：“你说什么呢！跟华子你不是正合适吗?!”

“啊……？”

“你跟他是天造地设，可般配了！”

“……真的？”

“当然是真的！你那位幸一郎肯定也是这么想的，所以才认识没多久，就决定跟你结婚了不是？肯定错不了！”虽然相乐说得斩钉截铁，可华子依然缺乏自信。

觉察出华子仍然畏首畏尾，相乐鼓励道：“再说了，被别人一见钟情，有什么不好？我也说不清楚，不过基本上大多数男人，对于条件比自己好的女人，都没什么兴趣。像华子这样，长得乖乖巧巧，年纪小那么几岁，有教养懂规矩，又是名校毕业，而且也不是什么女强人，作为结婚对象正合适，一般不都这么想吗?！你以前相亲，那是没遇上好人！像幸一郎这样的男人，想找个华子这样的女生当太太，我觉得特别顺理成章！”

8

次年元旦，榛原家照旧在帝国饭店举行新年午餐会，不过华子这年未能露面，她受邀去了青木的父母家。

神谷町一带散落有多座外国使馆，青木家的宅院就坐落于此处一角。雪白的院墙延绵不绝，进门后，院内竟有三栋建筑，让人不禁愕然。

“这些房子……都是你们家的？”

“嗯。那栋是祖父母住的，这边这栋是我父母家，对面那栋住的是伯父伯母。家里的小孩都已经搬出去了，所以现在这里住的都是长辈。”

“地方好大……”

幸一郎祖父母住的是标准的日式木屋，檐廊黛瓦，俨然一副老宅风范，另外两栋则是要塞般的双层建筑。房屋门前延伸出一段徐缓的斜坡，各栋房子均带车库，可并排停放两辆车。外侧环绕一片宽广的日式庭院，植有枫树和青松，将三栋房子敞阔地围在中间。

“这池塘里有鲤鱼吗？”

“应该有。只要还活着……”幸一郎迈开长腿，轻盈地跃走于踏脚石上，而后蹲到池边寻觅起池子里的鲤鱼来，“哇噢！长得好肥！”他喊道，笑得一脸纯真。

华子仰头看了看眼前的宅邸，感叹道：“真是好气派！我还是第一次来这样的豪宅。”

不料幸一郎却冷冷地说：“要这种豪宅有什么用！光是这院子，打理的费用想想都很可观。为了管好这房子，家里的人没少操心。尤其是房产税，贵得离谱，所以实际上手头根本就不宽裕。”

“这样啊……”

“等祖父死了，到时要交遗产税，恐怕又是一番折腾。”

“这倒是，我们家也是外祖父过世后，因为遗产税才卖掉房子和地的。现在我外祖母就住在公寓房里。”

“要不了多久，我们家肯定也一样要走这条路……”幸一郎叹出口气，站起来说，“差不多了，进去吧。”

二人按响祖父母家的门铃，帮佣的阿姨颇为艰难地拉开沉重的移门，请二人入内。门口玄关宽敞得足以容下一张帝王双人床，脱鞋用的石阶上已摆放着几双皮鞋和女士高跟鞋，地板边缘处的横木上则齐整地排放着两双厚实但质地略硬的拖鞋。

华子欲脱去大衣可又迟疑不决，阿姨见状旋即帮她脱下，露出亲切随和的笑容道：“我先帮您收起来。”

帮佣的是位中年妇人，和善可亲，她那份机敏与热情，让华子的心总算定了几分。

“这个也请……”华子递上手中拿的“虎屋”糕点房纸袋，算是见面礼。

“哎哟，您太客气了！这个我也收着了，一会儿摆到桌上去。人都已经到齐了，这边请。”

二人被领进客厅，家中长辈已围坐桌旁。室内放了张橡木材质的英国餐桌，敦实而厚重，紧凑些约略可坐十二人，墙上悬挂有描绘田园风光的风景画。见二人入内，坐在里侧上座的一位脸形略长的老者“哟”了一声，抬了抬手道：“总算来了啊！”说着表情一软，笑得慈眉善目。

此人应该就是幸一郎的祖父。坐在他前方、身穿和服的老太太，便是祖母。另有两位与华子父母年纪相仿的中年妇人和一位中年男子。男子穿一身西服，两个女人则是上下套装，花色朴素至极。乍一看实在难以分辨哪一位才是幸一郎的母亲，华子略有些慌张，不敢与人对视，忙躲到幸一郎身后。

“老太爷，我把未来媳妇给您带来了。”

幸一郎称祖父为“老太爷”。看得出，老太爷年事已相当之高，不过精神依旧矍铄。他目光如炬，凝视华子问：“叫什么名字？”声音浑厚，透着不可抗拒的威严。

华子赶紧挺直腰背，答：“我叫榛原华子。第一次拜见老太爷。今天能应邀来到这里，荣幸之至！”华子郑重鞠躬，一心盼着能得到幸一郎家人的喜爱。

“来来来，快坐快坐！”老太爷说着，招呼华子紧挨他落座。接着，他好似一校之长在晨会上讲话一般，向所有人宣告心中各种感想，最后说今日能将幸一郎未来的媳妇迎入家中实感欣慰，并以此为祝酒词。

随着老太爷一声号令，菜品依次上桌，吃的都是店家外送的年节菜，除去清汤炖煮和烤鱼，每一道都冷冰冰的。干青鱼子、煮黑豆、鱼肉蛋卷、煮沙丁鱼干……也说不清是华子神经绷得太紧品不出味道，还是这些菜本就称不上美味，总之吃在嘴里味道并不分明。

聊天的主心骨自始至终都是老太爷，其他人顺着老太爷的话各自有感而发，倒也不曾冷场。客厅似乎靠煤气暖炉供暖，华子又因为紧张，时间一久头竟隐隐作痛，不过她强忍着，至少笑容不曾断过。

就在对话突然停顿、大家都在等下一个话题的空隙，华子斜对面的一位妇人开口道：“我是幸一郎的母亲。”紧接着问，“华子小姐是住父母家吗？”

“是的，一直都住松涛的父母家。”

下一个问题紧随其后：“不知您父亲从事什么工作？”

华子答：“在松涛开了家骨科医院。”

幸一郎补充道：“听说母亲家里经营一家公司。”

这之后，问题便如决堤的洪水源源不绝。

“华子小姐有没有去哪儿留过学？”

“暑假的时候去过一个月，在加拿大参加了夏令营。”

“英语能说到什么程度呢？”

“这个……能说一点吧。”

“一点？那可得再好好学学，你说是吧？”

“嗯……”华子回答时顿觉自己矮了一截。

“你这波问题攻势差不多就行了。”尽管坐她身旁的丈夫、也就是幸一郎的父亲轻声呵止，可要女人对谈婚论嫁的话题置之不理，无异于系风捕影。

“我们家都是在大仓酒店办的吧？”

“可我听说，大仓主楼年内要翻修啊！”伯母说。

“不会吧？”

“说是要拆了重建，给东京奥运做准备。”

“哎哟哟，我倒也听人说起过，可没想到真有这事……”祖母语带遗憾。

“没关系，翻修之前把婚礼办了，不就好了吗！”幸一郎的母亲对华子道，语气不容置疑。仅这一句不经意的话，华子多少已能推知其为人秉性。想必她一直在她那狭不盈尺的世界里君临天下，深信自己绝对正确，且从不曾有所怀疑，对待他人也永远都以自己的尺度衡量、评断。如她这样的妇人大凡钟情于美丽的事物，倾心于各种文化，也素来不缺教养，可不知为何，这一切从来不曾滋养出内心的宽容。华子一边在心底无奈叹息，一边挤出乖巧的笑容，却并不接话。

“这样的话，最晚八月份也得办了。”

“哎哟，我可不要大热天的办婚礼。出一身汗不说，还要穿那又厚又沉的黑和服。”

两位妇人已开始议论婚礼着装。

“那还要不要先下聘啊？”祖母也操起了心，问幸一郎。

“都还没定呢。奶奶说要，那就要。”幸一郎浅浅一笑，哄祖母开心。

“华子小姐！”毫无前兆，老太爷忽就点了华子的名。这一声雷霆万钧，立时收紧了现场的气氛。他接着道：“关于你的事，一早就听幸一郎提过，我们这边也都已经调查清楚。”

“……？”华子不明所以，愣在当场。

她探究似的环顾四周，只感觉众人都散发出一股合谋的气场，若无其事地动着筷子。

“所以这件事，你们就看着办吧。幸一郎以后可就交给你了！”

“……老太爷客气了，还请多多指教！”华子依然没弄清状况，但也只能深鞠一躬。

我们这边都已经调查清楚……这话到底什么意思？

华子事后询问幸一郎。

“哦，应该就是托征信社查了查底细吧。”幸一郎漫不经心地答，华子却吃了一惊。

一想到青木家竟有这样的传统，身为即将过门的媳妇，华子不免感到内心受挫。这么多年，华子一次都不曾因自己的家庭而感到羞愧或自卑，但与青木家相比，她顿时觉得自己家渺小得可怜。

幸一郎父亲的哥哥在国会做议员，弄不清是众议院还是参议院，总之公务缠身，所以聚餐上并未现身。据说伯父家有两个孩子，皆为女孩，早先都已出嫁。换言之，直到此刻华子才意识到，幸一郎是青木家要继承家业的唯一一个男丁。

“就因为这个，老太爷一天到晚都在催，要我快点结婚。当然，我自己也希望趁老太爷健在的时候，早点把婚结了。”

“你和你祖父，关系很不错呢。”

“嗯，因为我很敬重他。”幸一郎爽朗地答道。

华子自己也与外祖母感情深厚，颇能理解这种心情。和关系过近、难免会对其产生反抗心理的父母不同，对祖父母、外祖父母的眷恋与忠诚，与现实关系无关，总会变得格外稳固。

聚餐时，幸一郎与他父亲几乎不曾有任何交流，虽然不免有些后知后觉，但华子还是忍不住挂心：难不成，幸一郎和他父亲关系不佳……不管怎样，一想到征信社的事，华子的心情总也舒畅不起来。当然，她也知道过去确有此类习俗，结婚时会托征信社彻查对方的家世背景，但她一直以为这样的习惯最多到她母亲那一代也就画了句号了。

“……你之前，就把我的事告诉给你祖父了……”华子闷着头，幽幽地吐出一句。

“不高兴了？”

“也没有不高兴，就是听到自己背地里被征信社查，感觉还是有点难以接受……”

“老太爷自己好像并不觉得这么做有什么不好。在他们那时候大家都这样，再说了，你们榛原家也没什么不可告人的事吧？”

“话是这么说……”

“那不就行了吗！”

“可就是……”华子喃喃道，内心仍有解不开的结。

华子心中仍有隐忧，可幸一郎却道："对了，英语学不学无所谓，做饭烧菜还是要的。把厨艺学学好，应该就可以了吧。"他回给华子的话似乎在评说他人，与己无关。

上门见家长这一重头大戏落幕后，剩余的元旦假期华子便在家中无所事事，时而看看无脑搞笑、从头闹到尾的新年综艺，时而翻翻成堆购入的婚庆杂志，如《25ans Wedding》《CLASSY.Wedding》《ELLE mariage》……婚纱该选哪种款式？捧花配哪个好看？华子仿如一个做着公主梦的少女般欢欣雀跃。

这天深夜，华子刚躺上床熄了床头的立灯，LINE语音通话的铃声忽然响起。看了一眼，是相乐。

电话那头的相乐，显然有些亢奋："华子，在干吗？"

"正要睡，怎么了？"

"跟你说件事，不过你听了大概就睡不着了，要听吗？"相乐也真是的，干吗说得这么吓人。

相乐当即不容拒绝地把片刻前发生的事一股脑儿

倒了出来。

元旦休假最后一个周日，相乐接了份临时工作，在著名侍酒师主办的会员制香槟派对上演奏小提琴。派对定在六本木的一家餐厅，包场举行，邀大家品鉴日本国内尚未开放零售的几款香槟，酿酒师也亲临现场。来参加的不仅有那些散发着泡沫时代余韵的中老年嗜酒一族，还有频繁出入此类派对的模特及泳装女模，美人美酒，气氛热烈。

休息时，相乐也与众宾客一起品着香槟，吃着侍应生端来的下酒菜，忽然便有个装扮清丽的女子跑来与她搭话："您拉得可真好！我第一次在这么近的地方听小提琴演奏，感动得鸡皮疙瘩都起来了。"女子说着拉起黑色连衣裙的衣袖，摸了摸手臂。

相乐得人恭维自然开心，据她说，与那女子聊得甚欢。

二人虽然身处派对之中，但心底却有几分看不起日常出入此类场所的那些人，言谈间不免露出冷眼旁观的姿态，这令相乐顿时感到"哇噢，找到同类了"，便顺着对方的调子愉快地同她交谈。黑衣女子说她在IT企业任职，还自嘲道："公司也做应用软件，可黑了！"不知是真话，还是社交辞令。女子最后向相乐发出邀请："如果你有兴趣，下次能到我们公司的派对来演奏吗？"说着便要留个联系方式。

可她却没能从手包里找出名片夹，只好说："奇了怪了，真不好意思，这可怎么办……对了。不如交换个LINE？不过刚见面就加LINE，感觉居心叵测……"说着自己笑起来。

"没关系，就加LINE好了。"相乐刚一回复，一个似乎与那女子同来的、高挑英俊的男人主动表示关心道："怎么了？"

"哦，我想给人家留张名片，可好像忘带了……"

男子一听，当即掏了掏胸前的口袋，道："写这背后吧？"说着递过自己的名片和一支万宝龙圆珠笔。

女子接过名片，在背面草草几笔，写下姓名和邮箱递给相乐。

"就是那张名片，我翻到正面一看，写的居然是青木幸一郎！我别提有多惊讶了，所以赶紧给你打电话。这名字，不就是你未婚夫吗？没错吧？”

相乐似乎仍在餐厅，声音压得略低，但语气格外有力。

“我感觉肯定错不了。名片上写的也是律师。那个，具体情况我也不太清楚，不过那两个人，看上去就跟情侣没两样。华子啊，你知道这事吗？”

华子猛地从床上弹起，答道：“怎么可能知道……到底怎么回事……完全不知道……一点都不知道。”嗓音沙哑，语声发颤。

“我过会儿把名片背面拍个照，在LINE上发给你。你可要好好查查，那两人到底什么关系，结婚之前可千万让他们断了。好了不说了，我一会儿还要出场，先挂了。那张名片，我这就拍照发给你。”

“嗯，好……”华子一时不知所措，紧紧握着手机。

没多会儿，手机一响，华子看了眼屏幕，正是那个曾一度映入眼帘的名字：

“时冈美纪 tokioka@xxxx.co.jp”

第二章

外部

地方小镇与女人的命运

第二章

外部

ある地方都市と女子の運命

1

在庆应义塾大学日吉校区一众新生川流不止、喧哗不息的银杏道上，十八岁的青木幸一郎穿一件细条纹藏青西服，不紧不慢地踱步而行。他与四五个朋友走在一起，全无半点意气风发的样子。这天本是开学典礼，可这群人既不找人帮忙拍纪念照，也无半分交不到新朋友的担忧，他们早已带着倦腻的神情，和同伴嬉闹在一起。那份无所事事的闲散，就好似此刻不过是课间休息的延续。

这也难怪，他们已在距离大学教学楼不过数十米的地方所建的高中出入了三年，这里毫无疑问是他们的地盘。几个人如地头蛇般闲适悠然，态度甚至略显蛮横，这对那些刚从小地方来到东京、心头还在七上八下的新生构成极大的震慑，但幸一郎等人看起来丝毫不以为意。或许眼前这些全然陌生的新人根本不曾进入他们的视线，又或许他们尚未成熟到能够顾及与自己地位截然不同的人的心情。无论前者还是后者，一行人只是目光冷漠地看着自己混迹多年的校园被成群结队的陌生人以一种近乎过节的心态吵吵嚷嚷践来踏去，视线中透着几分意兴阑珊。幸一郎一行避开人群，转移至教学楼内院，霸占着灌木丛边的长椅，无精打采地聊着毫无内容的天。那之后，此地便成了他们固定的集合点。

差不多同一时刻，十八岁的时冈美纪正站在“二〇〇一年庆应义塾大学入学典礼”的牌匾前，与特意从家乡赶来的母亲一起，羞涩拘谨地拍照留念。帮忙按快门的，是美纪那所高中唯一一个与她一同考入庆应的女生平田佳代，不过两人原本并无多少交情。美纪不善打扮，勤勤恳恳，基本就是个书呆子，而平田则是重点高中里罕有的紧追潮流的女生。这天，平田已经从新生说明会上结识的校友那里打探到了各种消息，正东一条西一条地分享给一无所知的美纪。

“日吉车站那儿有个雕塑，是个银色的大球，看到没？”

“有吗？我都没仔细看。”

“刚刚不是经过的吗？！大概这么大！”美纪的母亲代为答道。

“据说，这边的人管那球叫‘小银球’。还有，车站对面的商店街去看过了吗？”

“还没。”

“那一片好像被叫成‘小日吉’。”

“这样啊。”美纪也只能毫无创意地随声附和。

不过，平田倒是神采奕奕、兴致勃勃，还不忘给美纪的母亲做向导：“这条银杏路，别看现在只有几根枯枝，到了秋天会一片金黄呢！”

美纪刚从挤得头破血流的地狱考场中艰难胜出，怀抱着胜利的喜悦来到这里，可母亲却穿一身套装，胸前还配了朵土里土气的胸花，与母亲并排而立已然令她无地自容，加之她自己那头半长不短的头发和那身大卖场买的廉价西服，这一切都让美纪觉得低人一头，全无半点自信，一门心思只顾着掩饰内心的忐忑。再看平田，人家也一样题海苦修考上了庆应，可居然还有闲工夫学化妆，实在匪夷所思。

更叫人匪夷所思的是，眼前这些穿西服的新生里，竟还夹杂着一些比平田更加光彩照人、夺目得恍如从杂志里走出来的女生。她们提着名牌包，蹬着高跟鞋，妆容完美无瑕。且不知为何，这些女生已然组成了小团体，美纪着实猜不透她们究竟是何时交的朋友。难道除了自己参加的新生说明会以外，还有其他机会可以跟校友增进友谊？这天是入学典礼，正因为这些毫不怯场、谈笑自如的都市女生，外加那些伴其左右、英姿飒爽的都市男生，美纪本已不堪重负的心灵更是加速下坠，身为外人的疏离感越发深重。

“那些都是什么人？”美纪指着盘踞在教学楼内院里长椅上的一群人问平田。

“哦，应该都是‘内部生’。”

“内部生？”

“嗯，庆应有直升制度，听说好多都是从高中直接升上来的。”

美纪回忆起高三班主任帮她申领的学校简介。庆应在埼玉、湘南甚至纽约都有合作学校，就连班主任都吃了一惊。

“有些是初中考进来的，还有些是高中才进来的。不过据说啊，最厉害的还是那些从‘幼稚舍’一直读上来的。”平田说到最后，不知为何压低了声音。

“幼稚舍？幼儿园就进庆应了？”

“不是不是，是小学啦，名字叫‘幼稚舍’。”

“哦……都没听说过。”

“我也不是很懂，就是听人说那些从幼稚舍升到庆应来的人都特别优秀，地位排在最顶上。据说里面有一些是政治家和真正有钱人的小孩。”

“什么样的算真正的有钱人？公司总裁？”美纪半开玩笑地问，平田歪了歪头表示“不清楚”。

“而那些住在东京或者埼玉的普通人家的小孩，

听说基本都在初中或高中就考进来了。”

“那岂不是说，像我们这样大学才考进来的，都不是东京这一片的人？”

“没错。所以，我们这些就属于‘外部生’。”

“外部生……”美纪喃喃重复着这个就像在说“外人”一般的陌生称谓，咀嚼着其中的深意。

入学典礼一结束，母亲说要赶着回家做晚饭，急匆匆便要去东京站。

“我送送你。”美纪说，可母亲却留下句“你就乖乖跟平田在一起”，独自一人三步并作两步冲进了日吉车站的检票口。

美纪在脑海中描绘着母亲一人在车站里不辨东西、艰难转车的情景，顿时心头一紧。虽然她也想目送母亲直到她背影消失，但碍于平田在场，便决意早早离开，说了声“走吧”。平田问“不用再待会儿吗”，她故作泰然地答了声“不用”。

“我说美美啊，你为什么会读文学？”大学课程开始一段时间后，平田有一次这样问美纪。

因为学校里有些学生大一便开始准备注册会计师或司法考试，这么多年唯一目标就是考大学的平田不禁流露出内心的不安：“怎么办呢，我都没想那么远……”眼下这个时代，人称“就业冰河期”。平田早早便打探到诸多消息，开始对未来忧心忡忡，说什么“除了那些背景强大的内部生，就算是庆应毕业找工作也不容易”。

“我本来就对政治啊、经济的没兴趣。这样一来，就只有人文科学，所以也没多想，就挑了个文学系。但现在想想，肯定还是学经济更方便找工作呢！唉，还真是入错门了。美美呢？你为什么读文学？就是喜欢看书？”

“那倒也不是……就是想学学英美文学，希望有一天能说一口流利的英文。”美纪答。

“啊，我懂我懂！”平田在腿上猛拍了一下，“能说两种语言的人，真挺酷的！”

美纪不曾告诉平田，她心里有一个梦，也说不清为什么，就是想当外交官。美纪上小学那会儿曾掀起一股“雅子[1]热”，这让她懵懂间对外交官的职业萌发了憧憬。

对于那些能将英语说得畅达自如的人，美纪自小便莫名地仰慕。她总感觉，只要学好英语，就可以舒展双翼，飞向广阔天地的任何一个角落。美纪本就喜欢英文，成绩也颇为优异。她内心隐隐抱着一丝期许：在庆应读了英美文学，暂且不论成不成得了外交官，至少把英语说顺溜还是轻而易举的。

可在庆应，这里有不少典型的“归国子女”[2]，他们理所当然地读着英文小说，言行举止透出欧美式的夸张，自信满满地以母语般的发音说着纯正的英语。这些人清丽洒脱的风采，彻彻底底震慑住了美纪。身为归国子女的女生一到夏天便会毫不做作地换上美国西海岸风的休闲装，自然而然地戴上墨镜，还时不时潇

1 现任日本皇后雅子，她曾担任外交官，后嫁入皇室。

2 在国外出生长大或是长期在国外生活，后又回到祖国的还需要在学校读书的子女。

洒地往头顶一推，用作发箍。

每每与这些人一同上课，美纪便会故意在她们附近落座，曾有几次，她特意占据其身后的座位，似听非听地听她们交谈。近距离观察，这些人的头发都染成轻盈的咖啡色，养护得格外用心，丝滑飘逸，美得惊人。那款上个月时尚杂志刚刚推荐的LV长款钱夹，她们竟已天经地义般拿在手里，美纪诧异得不敢相信自己的眼睛。听说这些归国子女的父母大多在知名商贸公司任职，派驻海外时携家人一同赴任，孩子自小在当地学校念书，不费吹灰之力便掌握了英语。美纪今后再如何努力，只怕她的英语发音这一辈子都不可能做到那般无懈可击。而且美纪也实在无心再拿出大学备考的劲头，去拼什么“托业”满分。这些人的存在让美纪痛彻心扉地认识到，自己与她们，从出生那一刻起，便已毫无道理可言地被烙上了天壤之别，且这种差别无论再过多久，都不会缩减分毫。

地位如特权阶级的内部生们总是闲散地围坐在内院的长椅上，看那表情，仿佛整个世界尽在掌握，他们就那样怡然自得地占据着校内最上等的宝地。

美纪与内部生集团的男生几乎从未有任何接触。她对他们隐隐有些害怕，谨小慎微到连目光都不敢与对方的视线相撞。于美纪而言，那些人皆为天外之人，令她心跳加速，最多也只敢远远望上一眼，或在擦身而过时目视他处，内心却顾念着他们。

仅有一次，那群人中的一个曾主动与美纪搭话。

那是一堂心理学课。下课后，众人作鸟兽散，陆续离开教室，那人忽一下蹿到美纪身边，问："不好意思，笔记能借我看看吗？"他两手合十，笑颜轻展，作央求状。

"……哦。"美纪点了下头，手忙脚乱地从背包里掏出活页笔记本，递给了对方。

"谢啦！看完就还你。"他接过笔记本拿在手里亮了亮，道了声谢，潇洒地一转身，便消失了。

对方说看完就还，所以美纪在教室里等了片刻，却不见人回来。数日后，那本笔记经由内部生集团的一名女生归还到了美纪手中。

“给，青木给你的。”

“嗯？”

“不是你借他的吗？青木幸一郎。”

青木幸一郎身形细长，皮肤白得颇有气质，一头公子哥式的齐刘海短发乌黑透亮，摇起头来仿佛能听到淅淅的声响。他总穿硬领衬衫，一副知书达理的样子，手里永远拿同一款手提包。美纪直到很久之后才知道，那是爱马仕的托特包。

内部生男女之间毫无隔阂，总能打成一片，无时无刻不在内院长椅上释放着他们的光环。那景象虚幻得犹如电视剧中的场景，却又是活生生的现实。梦想中的大学生活不就应该是那样的吗！可退一步从圈外看去，竟似有一道铁幕将圈内圈外从中隔断，散发着闲人莫近的气场。铁幕里侧充盈着绝对的优越感，与外侧泾渭分明，排外的原则毋庸多言。尽管当事人爽朗明媚满脸纯真，但他们周围却弥漫着一种令人望而生畏、不敢轻易靠近的气场。

美纪总是小心翼翼不直接盯视那些人，不过在她内心，每次走内院从他们面前经过，她比谁都更在意他们，总是用眼角的余光捕捉那些身影，观察得细致入微。

对这些内部生，平田称其为“富人家的孩子”。

“富人家的孩子”分两类。那些一夜之间发家致富的土豪的孩子，往往给人以蛮横霸道、不可一世的低俗之感，但庆应这些豪门子弟大多出身名门世家，富裕的家境已经延续数代人。他们个个温文尔雅，全无半点傲慢之风。且自小家在东京，上了大学一样可以怡然自得地住父母家。人一旦富有，似乎心境也会变得从容。这些人聚在一起时虽然叫人望而却步，但若单独相处，每个人都性情温平，待人和善。

那年五一长假刚过，有一个“富人家的孩子”忽就与平田亲近起来。大一的春天精彩纷呈，活动多得令人目眩，情况时时在变，人际关系也刻刻换新。平田眼看着一天天被她的新朋友影响。忽而叹息父母给的生活费都不够买衣服，忽而又抵不住高薪的诱惑，说下月开始去涩谷的居酒屋打工。

“美美要不要一起呀？”她还发出了邀约，被美纪一口回绝。

平田素来精力充沛，若什么事都跟着她，多少个美纪都不够耗。从学校选课到食堂用餐，甚至跟男生联谊，平田处处照顾美纪。且平田凡事都有兴趣了解一二，美纪和她在一起常常累得筋疲力尽，体力、精神、钱财，都开始感到力不从心。

平田也常常约美纪一同出游，有一次还陪着那个“富人家的孩子”去了新宿。从日吉车站到涩谷一趟车直达，但若要从涩谷再去其他地方，美纪不免胆怯。更何况那次要搭山手线，对美纪而言，更是怯上加怯。

那个“富人家的孩子”满心期待地说了句“一直都想去试试”，在新宿站纷杂的人群里一路快步前行。问她为什么会约她们俩，对方娇俏地噘了噘嘴：“因为就我没去过，不好意思叫别人。”不知道目的地的美纪听得一头雾水，便问对方，可对方却显得神神秘秘："到了就知道了！"

她还说从新宿站走过去有点远，毫不犹疑地拦了辆出租车，美纪当即目瞪口呆。能如此随性地拦车代步，于美纪，那还要等到许久之后。

车开进了名为东京柏悦的豪华酒店。"富人家的孩子"说想试试这里的英式下午茶。说是已经预订了三人份。

"英式下午茶？是要去茶具店？"平田问。

"不是啦！"对方说着哈哈两声，欢快地笑起来。

出租车停在了柏悦塔楼庄重的门厅前。眼看要被门童迎入酒店，连平田都脸上不禁抽搐了一下："什么？要进这里?!"

2

今年已三十二的时冈美纪，至今仍能回忆起刚来东京时的那份悸动与惊诧。十多年时光倏然而逝，如今美纪已长成一个喜怒哀乐皆可轻描淡写谈笑风生的成熟女子，但那个十八岁的自己仍确确实实停留在内心深处的某个角落，时不时会冒出头来。

若想要故意唤醒这份感伤，岁末的东京站真是再适合不过。广场大厅里，穿着厚外套、提着重行李的人满之又满，站内流动着一股歇斯底里的空气。有年轻人，有拖家带口的中年人，还能看到像是从乡村跑出来的老夫妇。车站拥挤的程度超乎想象，直叫人怀疑莫非整个东京的人都挤来了这里。

大批人流涌向伴手礼与盒饭销售区，商品售速如飞。一拨拨等车等得疲惫不堪的人，正困乏地占据着柱子周围的圆形座椅，以及台阶之类但凡可以坐下的地方小憩。每个人都是九死一生的样子，疲于应付拥挤的人群，可人流却不见减少，仍在源源不断地涌入。一群人刚坐上电车离去，另一群人又被电车载着抵达。

按理说久居东京的人也该习惯了人多的地方，可惜现实并非如此，凝目细看，没有一人对这异样的混杂感到心平气和。时冈美纪也不例外。她穿一件时下流行的切斯特大衣配一双短靴，穿梭于喧闹的人群，灵巧地操控着中号行李箱避让着行人，但另一只手拿着车票仰头查看指示屏时的表情仍有些僵硬。尽管长年定居东京，回父母家已不下几十次，可每年这个时候来搭新干线总是压力爆表，神经也必定变得格外紧绷。

美纪穿过自动检票机，搭上了通往新干线月台的自动扶梯。她手臂上挎一只名牌包包，一头长发轻盈灵动地卷着大波浪，腿上套一条正面折缝的羊毛西裤，装扮入时。腰背挺得笔直，身上每一寸都披裹着都市的新潮与时尚，这都靠她十多年来，一点一滴凭着自己的双手抓取而得。美纪上车后，将行李箱和团作一团的大衣塞上行李架。靠走道的座位上坐了个怎么看都像来东京时日尚浅的大学生模样的女孩，正拿着手机闷头发 LINE。她脚边放一只印有迪士尼动画人物的塑料手提包，堵住了座席入口，美纪抬脚跨过，总算在自己座位上落了座。她放倒椅背，将围巾盖在膝头，迅速进入休息模式，并当即闭上了双眼，无心顾念窗外景色如何。

邻座的女大学生发散着一股似要出门郊游的超离日常的欢脱，可在美纪眼里，元旦返乡不过是项年复一年、早已让她厌倦烦腻的例行公事。一年仅这一次。即便如此也一样煎熬到万劫不复，每年一到此时，情绪必然一落千丈。去年，她人都到了东京站，可却万般不想回去，结果在最后一刻退了票。然后拨通父母电话，谎称得了重感冒。

那个不惜撒谎也要留在东京独自度过的元旦，过得分外凄凉。叫了两次比萨，在 Hulu 上一口气看完了也不觉十分有趣的外国剧集，还在网上下单买了两双鞋。美纪心头也曾掠过一丝悔意：早知如此，不如回去算了。可一想到家乡了无生气、死气沉沉到令人悲怀的街道，还有在时间彻底静止的客厅无所事事地看“东京—箱根大学生车站接力赛”转播时的那份无可救药的倦怠与无力，她便立刻打消了这个念头：不不不，自己的选择并没有错。

恰是在去年的这个时候，美纪与恋人分了手，情绪低落。

二十多岁时分手，能感受到成长与进步，不仅能弥补失恋的寂寞甚至还有富余，但三十多岁分手，不再有如此积极的元素。美纪第一次体会到，年过三十与恋人分开，竟会如此锥心刺骨。同时她也终于领悟，自己终究到了不会再成长也不会再进步的年岁。唯有忍受恋人缺席的寂寞，慢慢习以为常，然后耐心等到自己漠然处之。

挥别男友的事，美纪也无心找人倾诉以寻求安慰，因为她知道那些一时的慰藉并无实质意义。美纪只是一边肆意纵情，对自己放任自流，一边独自等待内心重归平静。至少，这项策略是正确的。一想到倘若自己在那样的精神状态下回老家，她几乎吓出一身冷汗。美纪既可以想象自己在那个与任何人都没有共同话题的地方无谓地消磨精力；也可以想象自己竟意外觉得舒坦，一不留神动了思乡之念，冲动之下决定离京返乡，两者皆有可能。不管多寂寞都无所谓，感恩这份在东京独居独处的自由。

也因为去年这段插曲，为了顾及父母的颜面，美纪决定今年回老家过元旦。这一年的最后一天，应该会吃着母亲做的荞麦面辞旧迎新，想必也一定会把“红白歌会”[1]从头到尾看个遍。元旦和后面那天并无安排，或许会跟家里人一起去神社拜新年第一拜。

再后一天，高中同学有一场聚会。美纪的母校是县内排名第一的重点高中。同年级的皆是从该县初中聚过来的优等生，当年大家一心报考国立大学或私立名校，心无旁骛埋头苦学，毕业后也大多散去了外县。虽然半数同学因为脸书这一不可抗力而串联在一起，近况什么的暴露无遗，但不少人已有十多年未见。

美纪内心也不是全无期盼，她隐隐盼着说不定会有奇缘，但更多的仍是烦闷，外加些许紧张。虽然多

1　日本 NHK 电视台的跨年节目，由本年当红歌手分成红白两队相互竞歌，在日本的地位相当于中国的“春晚”。

数同学都挤入了东京六名校[1]、“关关同立”[2]或其他国立大学，去都市求过学，但那些力求稳妥的女生大学一毕业便选择掉头返乡，入职本地企业安稳过一生。这些回了乡的精英多数去了地方银行、电力公司或县政府，女生到了年纪便结婚生子，想必这两年也该在父母家附近盖起了自己的小楼。同班同学里还有几个本地企业家或私人医院医生的儿子，算起来也应该在大城市积累了足够的经验，差不多到了要回归故里子承父业的时候了。相比之下，事到如今仍在东京单身独居的美纪，回了家乡一样没有立足之地。她虽然一次便考上了庆应，但二年级时中途退学，简历上数年都是空白，直到二十五岁之后才进了一家新创的 IT 企业。所幸公司飞速崛起，勉强给脸上添了点光，但若要她跟过去的同学交代这些，心情不免沉重。

1 东京六大高校棒球联盟的加盟学校，分别为早稻田大学、法政大学、明治大学、庆应义塾大学、立教大学、东京大学。

2 关西地区的四所私立名校，分别为关西大学、关西学院大学、同志社大学、立命馆大学，取首字合称“关关同立”。

新干线穿出隧道，西边射入的斜阳晃得人眼晕，美纪转过头背朝窗户。邻座的女孩睡得正香，她依然带些孩子气的身形、举止，还有身上穿的、手里用的，都让美纪感到莫名地怀念。她想着，自己也曾和她一样呢。不知什么时候，那短暂的大学生活便成了遥不可及的过去。

时冈美纪出生长大的地方，曾是一座知名的渔港小镇。下了新干线，换普通旧火车再坐上一个多小时，而后驱车约二十分钟，便能到美纪家。

美纪还小的时候，祖父和父亲都曾出海捕鱼，小镇渔业兴盛。祖母和母亲不做家务时，也都动作娴熟地忙着做些水产加工的活计，小孩子们从来少有人管教，不过并不会有人对此感到不满。美纪放学后便和弟弟混在一起，或去商店街的零食铺买吃的，或去玩具店门口打游戏。

这天来车站接美纪的，正是幼年时一同玩耍的弟弟大辅。他至今独身，仍和父母住在一起。

“姐，你怎么又穿那么夸张?!”大辅一开口便惊讶于美纪的都市装扮，取笑道。

“有什么夸张的，很平常啊。”美纪略感不悦，皱着眉头反驳，不过心里却在反省这只名牌包或许确实有些过火。今年因为要参加同学聚会，所以选搭了一身和在东京时差不多的装束，而往年回家她都会有所收敛，尽量挑些不温不火的衣服。若非如此，在这座小镇会格外引人注目，且绝非褒义。

“就是觉得丢人现眼嘛！”大辅毫不客气地直言道，这句话竟意外地扎心。

在家乡小镇，约定俗成的规矩和对事物的看法有时恰恰与东京相反，美纪忽然感到有些讽刺，她那般努力地想要融入东京的风尚，到头来回到家乡却反而成了个“丢人现眼”的女人。想来在生性张扬爱出风头、初中便开始染发的弟弟眼里，她这个姐姐虽然去了东京出人头地，但其实从考大学那会儿开始，便一直是个土得掉渣且让他抬不起头的存在。十多岁时在家乡的等级、地位一旦确立，那便是板上钉钉。即便不甘心，也只能寄望于来生，或从此与家乡永诀，别无他途。

就像回到家乡便会漏出乡音一样，各种感觉也会自然而然地校准成本地的调子。所以大辅今天看着美纪的装束笑她“丢人现眼”，这种心情美纪完全能够理解。为此，她特意加了一句：“因为要参加同学聚会。”她知道只要补上这句话，对方便会体察到自己的苦衷，认为她是打肿脸充胖子故作时尚。

“难怪，所以才这样啊。”大辅似乎迅速心领神会，并问道，“同学聚会？高中？初中？”

“高中。”

一听到这个答案，大辅旋即表示“懂了懂了”，还不怀好意地奸笑起来。在大辅的观念里，美纪不辞辛劳跑去读什么重点高中，也是件可以拿来挖苦揶揄的事，所以才会有如此反应。在本地初中的毕业生里，和美纪考入同一所高中的寥寥无几。

“你们不搞同学聚会吗？”美纪问。

大辅曰：“搞什么聚会啊，不天天都在聚吗！”

大辅未满三十，却对流行时尚一无所感，穿的多是运动衫。不过，他对车颇有追求，二手车换了一辆又一辆。现在开的是马自达 Roadster，一款双座敞篷车。

“还好意思说我，你这车算怎么回事？居然开这么红的跑车……”

“嘿嘿，那不就是为了拉风嘛！”

“拉风给谁看？”

“啊？给朋友看啊。”

“什么朋友？难不成有女朋友了？”

“没有没有，就是一起玩的朋友。”

“哦……”

大辅在本地一家食品加工厂工作，直到现在还跟小学、初中的朋友混在一起。他的玩伴里有人成了家，有人生了孩子，可大家也不管不顾，照旧喝酒喝到深夜。大辅骨子里是个容易得意忘形但本性善良单纯的家伙；就美纪的认知而言，他从初中起没有丝毫变化，前后一致得令人惊异，只不过玩乐的地方从玩具店门口变成了居酒屋。

“那女朋友呢？还没找到？”

“没有啊。不过打炮的朋友还是有的。”

美纪一脸厌弃地吐出一句：“我可没问你这个……”

她一心盼着大辅早早结婚，盼着嫁给大辅的姑娘火速生个孩子。否则，自己岂不是永远都躲不开父母那“快点结婚，早点让我们抱孙子”的猛烈攻势？！

车开进了商店街，也是这座小镇的主街。

坐在副驾席的美纪，一边感受着跑车引擎特有的轰震，一边看着街道两旁清寂萧条的模样，心底一阵刺痛。她说：“还是老样子，死气沉沉。”

“嗯，因为对面那片建了座公路休息站，客人都跑那边去了。”大辅的口吻似在说一件与己无关的事。倘若一直住在这里，反而就不会介怀了吗？

美纪记忆里的主街，人更多，活力更盛，洋溢着欢乐的气氛。她年年返乡，眼见着这里一点点落寞下去，等注意到时，商店街早已沦为“卷帘门一条街”，在习惯了东京繁华盛景的美纪眼中，简直就像鬼城。街道上方的拱顶锈迹斑斑，张挂着少得可怜的元旦装饰，关键是店面全都大门紧闭，叫人无可奈何。

“荒凉吧？”大辅说，声音里没有丝毫起伏。他对这景象早已司空见惯，也一定已然麻木。

反倒是美纪，需要费更多心力让自己去忍耐这份寂寥，她甚至感受到一种必须为之做些什么的使命感。可她已不在这里生活，也没打算回来，这种自相矛盾的心情，就连美纪自己都不知如何是好。这烦人的乡土之爱，把美纪的心搅成了一团乱麻。

“去不去大卖场？我炮友在那儿干活。”大辅兴奋地说，美纪顿时被拉回现实。

“绝对不去！”美纪把“绝对”二字说得咬牙切齿。

荒寂的街道叫人情绪低落，到了家之后情绪愈加低落。正在休元旦假的父亲，去了小钢珠店不在家。母亲忙着做年节菜，只在厨房扭头招呼了句“回来啦”，便又专心致志煮起了豆子。祖母晚饭开饭前，都窝在她自己房里看电视。美纪把行李搬回房间，脱下大衣挂在门楣上，躺倒在床。

她也是为了让家里人看到自己平平安安健健康康所以才跑回来，可每次到家，他们态度之冷淡总让她觉得似乎不回来也没关系。美纪早已厌倦了回家探亲，说不定家里人也和她一样。回不回来无所谓，快点结婚让我们抱抱外孙……是这么想的吧？那怎么不早点说呢?！美纪心想，为什么不早点跟我明明白白地说清楚，说我们就是希望你安安分分嫁人，早点给我们生个大胖外孙，对家里人来说，这才是最幸福的。

美纪从小就只有学习成绩出类拔萃。当年她把小学家校联系册刷成全A时，邻里间甚至一度将其传为“神童”。大家都说时冈家祖祖辈辈这么多代从没出过这样的秀才，还争相夸赞：乌鸦窝里出了个凤凰，也不知道遗传谁？美纪被人一夸，更加来了兴头，越发勤奋刻苦。在小镇上生活的那些年，她所有精力都用在了读书上。

时冈家祖祖辈辈从事渔业。但就在祖父七十岁退休那年，父亲决定废了祖业，并在美纪升入初中那会儿去了电机厂的一家外包工厂工作。因为捕捞量明显赶不上过去，渔船主连着好些年赔本经营，渔民世家眼看着一户户改行做起了上班族，时冈家也算紧跟时代的浪潮。就连在水产加工公司打零工的母亲，都不知何时辞了工，改去郊外新建的家饰家居大卖场做起了收银。

对于这些变化，美纪起初还颇感自豪，觉得自己家突然时髦了起来。以前父亲天没亮便要出海，晚上早早便会睡下，而如今他的作息时间竟和自己同步，仅这一点就颇有新鲜感。但渐渐地，因为工作单调乏味，父亲没了先前的雄心壮志，原本亲如一家的左邻右舍也慢慢疏远，每季例行的风俗节庆能省则省，大家的生活与这片土地之间的联系变得可有可无。那段时间，祖父的身体也越来越不理想，到美纪上高中时，隔不了多久便要去医院住一阵，反反复复。小镇上人越来越少，整个镇子笼罩着令人不安的气息，可每天两点一线往返于家和学校的美纪，目光始终落在教科书上，什么都不曾注意到。

所以，待在自己家中自己房间的记忆，除了专心备考这一件事以外，并未留下更多。那时的自己何以能拼到那样的地步，现在的美纪已无法参透。

高三那年，没能挤进早稻田保送名单的美纪杀气腾腾，以不成功便成仁的心态迎来了元旦。她决意赌上所有希望参加各校的自主招考，并给东京六大名校全部提交了报考材料，在最后冲刺时刻更是破釜沉舟，状如厉鬼。本地大学一所都没有报。

报考东京大学不过是为了尝试一次作为纪念，真正的目标乃庆应和早稻田，其他那些备胎能考则考。东大果然掉了，不过庆应考上了。在教师办公室，美纪与通知她考试结果的班主任欣喜若狂地相拥而庆。如今回想起来，那一刻似乎就是她人生中的高光时刻。

美纪从衣柜里取出家居服换上，摘下隐形眼镜戴上了框架的。这套家居服还是将近十年前在优衣库买的。她走去饭厅，家里人恰好刚在桌前坐下。

红烧鱼、鱿鱼炖芋艿、腌白菜、豆芽拌黄瓜、章鱼和赤贝生鱼片，还有每人一小碗土豆炖猪肉。大大的餐桌上满满当当挤放着一堆杯碗盏碟。难不成母亲一个人做出了这一桌菜，还准备了一整套传统年节菜？美纪一想到这背后的工作量，不禁一阵犯晕。她正准备起身帮忙拿碗筷，母亲却说：“你别动，也累坏了吧？”不让她插手。

美纪一点不累。年末工作一结束，她第二天便去箱根泡了温泉，彻彻底底休养了一番。她与另一个女生一起，住两万日元一晚的温泉酒店，吃豪华全宴，享受一场精油按摩之后沉沉睡去，第二天一早还细嚼慢咽地享用了美味的早餐。那一番享受之后，一年来的疲惫一扫而空。

父亲面无表情地按着电视遥控器扫台，把家里的空气搞得万分凝重。祖父五年前已经过世。祖母虽还健在，但这十年整个人缩小了一圈，早已没了往昔的风采。大辅接美纪回家后，转头便跟朋友喝酒去了。

翻过倒扣在桌上的玻璃杯斟满啤酒，一家人开始吃饭，饭桌上只有电视的声音大得出奇，听不到任何称得上对话的对话。每次只要多说一句不该说的，话题便会扯到结婚生子，所以美纪缄口不语。

美纪和家人——尤其是父亲——本就极少说话。父亲为了消解捕鱼的疲累，不是在客厅睡觉，就是去打小钢珠，美纪没留下任何父亲在家陪她玩耍的记忆。虽然父亲不会动手，但一旦喝了酒，脾气就会变得暴躁，为一些不可理喻的事高声怒骂；而不喝酒的时候则一言不发，过去如此，现在也丝毫未改。

对美纪考取东京的大学，父亲心里并不痛快。因为读书费钱。就连买公交月票，父亲掏钱都掏得不情不愿。他嘴里那句毫不掩饰的性别歧视——“女孩子家读书有什么用”，美纪听了不知多少遍。

读书，本是美纪绝无仅有的特长，可在父亲这里却不受待见。就连上补习班的费用，都是母亲掏的腰包。

“这芋艿味道不错啊！”美纪说。

“邻居给的，可好了！要不要带几个走？”母亲说着抬起屁股，准备起身去厨房拿芋艿。

“不用不用，我又不做饭。”

母亲对美纪的话充耳不闻，用报纸裹了几只拳头大小的芋艿拿过来。

“好大！”美纪笑说。

“大吧?！这么大的芋艿，我也是头一回见到。”母亲语调爽朗，展颜而笑。

“女孩子家的，怎么也要学学做饭吧！”父亲当即泼了盆冷水，令这轮对话冷冷收场。

面对父亲，美纪已不再辩驳。因为曾几何时，她终于幡然醒悟。

面对父亲这样的人，无谓浪费唇舌。美纪已不再是那个诸事都要抗辩的十几岁小女孩，不会再申诉不同的想法，更不会与之正面交锋。

要改变像父亲这样的人，只怕根本不可能。

3

大一那年暑假，美纪一回到家便被父亲告知他工作的工厂关门了。那时，她入学刚四个月，好不容易适应了大学的生活、习惯了东京的节奏，才刚觉得神经松弛下来。

“啊？那我怎么办？”美纪想也没想脱口而出。

“你脑子里就只有你自己吗?!”父亲一声怒喝，开始绵绵不绝数落美纪的自私任性。他口中的“自私任性”，就是身为女孩子家还跑去东京读什么私立大学，拿着家里寄的钱没心没肺地花。父亲已经往政府办的职业介绍所跑了一个月，可工作仍旧毫无着落，所以心情焦躁，情绪一点就燃。到最后，他如同下最后通牒一般扔给美纪一句：家里可没那闲钱再继续供你了！

“什么意思？难道要我大学别念了？”美纪的语气好似在诘问：开什么玩笑?！那可是日本第一流的庆应好不好！我可是拼死拼活地做题，奇迹般地考上了耶?!

但美纪的父亲似乎全然不能理解考上庆应的难度，以及庆应所代表的社会阶层。或者说，不是不理解，而是不入眼，在他眼中一文不值。这只能说是价值观不同。对美纪的父亲而言，庆应也好，早稻田也罢，东京的那些大学不过就意味着两个字：装蒜。

“也不是啦，倒也不会马上就要你怎么怎么样……”母亲战战兢兢、模棱两可地开始做和事佬，显然家用已经捉襟见肘。弟弟大辅甚至表示：“需要的话，我高中就不读了，出去挣钱养家。”

“美纪啊，跟你商量下，你的生活费稍微减一点行不行？”母亲也不知是为了给父亲面子，还是真的为钱发愁，一脸歉疚地提议，美纪闻言默默点了点头。

美纪一回东京，即刻搜寻所有能入手的兼职招工杂志，还在手机上把招工网站上上下下看了个遍。不过到最后，她还是挑了大学布告栏里时薪最高的补习班讲师，给小学生教起了数学。另外还在排班相对灵活的卡拉 OK 厅也谋了份差事，每天补习班一结束便匆忙赶场。她搞来一辆廉价自行车，交通费自然而然省入了腰包。怎奈即便多方筹措，东京却是个什么都不做也过分耗钱的地方，每到月末总会陷入严重的资金短缺。

美纪一方面艰难地应付着大城市里目空一切的小学生，另一方面倒是在打工同伴基本与她同龄的卡拉OK厅做得不亦乐乎。和在大学里迟迟交不到意气相投的朋友不同，美纪与打工的友伴自然而然便有了密切的交往。只要顺势滑入他们的人际网络，在这里打工与其说是工作，不如说更像在参加能领钱的社团活动，时间不知不觉便过去了。

有一次，美纪跟打工的前辈提起家中窘况，对方深表同情，把美纪介绍去了自由之丘的一家酒吧，说："那里应该比这里挣得多。就是要去卖酒，不过卡拉OK也一样要卖酒的。"

美纪去面试时还曾为"自由之丘"这个地名心跳加速，她虽然刚满十八，但所幸身高够高、长相也偏老成，没聊几句便被录用，时薪一千五百日元。当她换上笔挺的白衬衣往吧台里一站，与店主相熟的老客纷纷评点说"打磨一下必能发光"，每当此时，美纪便会露出一脸生硬的笑容。

一日，翘课已成常态的美纪，在大学被一个没见过的女生搭话。对方说听闻美纪想找能挣钱的工作，她恰好有家店可以介绍。

“是那种晚上喝酒的地方，有兴趣吗？”

“晚上喝酒？如果是夜店那样的，我还是……”

美纪皮笑肉不笑地动了动脸颊，准备一口回绝。她虽然在酒吧打工，但无意过深地介入成年人的夜生活。东京这座城市，性方面的意象太过泛滥。乡村小城的人们惯于遮掩的欲望，在这里却肆无忌惮地公诸人前。坐上电车，车厢里悬吊的周刊广告上，情色标题明目张胆，且格外醒目；美纪那间小公寓的信箱里也是三天两头便会塞进“招募外卖女郎！日薪三万日元起”的色情业招工广告。每每看到这些东西，美纪便会条件反射地将其揉作一团扔进垃圾箱。她深深感到，在这座城市女人若不想堕落进色情业，还真需要格外坚定的意志。整个社会都默许着男人的欲望，“年轻水嫩的姑娘们，出卖身体便可以换取金钱”的诱惑充斥着大街小巷。若是将这些意象囫囵吞下，内心的抵触与厌恶只怕分分钟便会瓦解于无形。

事实上这一刻，美纪面前的这个与她同龄的女生，就在以一种轻描淡写的口吻抛出诱饵：“那家店只招女大学生，庆应的女孩子特别少，估计不费力就能进去了。”她劝说美纪的语调里，感觉不出半分羞愧。对于自己在夜店陪酒这件事，对方似乎并不觉得低人一等。

美纪不由对自己起了疑念：难道这其实也没什么？莫非自己总把这一类工作看得低俗不入流，批判其堕落不自重，其实不过是因为身体里浸染着乡下地方落后保守的偏见？

“基本不用做什么，可是能挣不少钱哦！”对方继续云淡风轻地诱惑美纪。

她那洒脱到不可思议的腔调，让美纪觉得很有型，从中感受到了一种成熟。美纪内心甚至萌生出一股焦虑，觉得自己也要赶紧飞身跃入那个率性而魅惑的夜幕下的世界。她不动声色地问：“时薪给多少？”

“我的话，能拿两千。”

“这么多?!”

“嗯。不过，能拿到这个数的，没几个人。”

“……也就是说，每个人时薪不一样？”

“对。”

“为什么不一样？因为工作的时间段？”

对方听后笑起来，故意说得一字一顿：“最关键的嘛，还是外形吧。”说着，眼中浮起一丝评判的神色，似乎在鉴定美纪的身材相貌。美纪已经许久不曾如此清晰地感受到自己受到了伤害。她挤出所有力气自我解嘲，开玩笑说：“像我这样的，就算倒立给人看，也拿不到两千。”

对方听后乐得脖子朝后一仰大笑起来，然后以一副过来人的口气安慰美纪：“别担心！来我们店工作的女孩，个个都会越变越漂亮！”

下课后，美纪和那女孩搭东急东横线去了涩谷。二人在车里抓着拉环交谈了几句。

“到了店里，记得要叫我‘美奈穗’哦。”

“啊？为什么？”

对于美纪率真的反应，美奈穗再次大笑起来，说：“你还真是什么都不懂呢！真纯洁！”

逗弄过美纪之后，对方告诉她陪酒女郎都会起个花名，还说：“美纪你嘛，我想想哦，要不叫‘理惠’怎么样？”

“理惠……我这个感觉，会不会不太像‘理惠’？”美纪整张脸都皱了一下，回给对方一个笑容。

给像自己这般没有半分姿色可言的女人起“理惠”这样的名字，很难让人不觉得是在故意嘲讽。想到要开始做陪酒的工作，最让美纪心情沉重的倒并非是陪男人调笑，而恰恰是此种可以预见的、女人们在背地里尔虞我诈明争暗斗的互掐。美纪念书的学校都是男女混读，她自然不可能知道只有女人的世界究竟是怎样一番情景，但她对此一直留有异常险恶的印象。

“店里的卖点就是，女孩子都是在校大学生，所以对陪客技巧要求不高。来的男人也都想找不那么专业的女孩子。服装嘛，穿自己的衣服就可以，不过不能穿裤子，裙子基本也要膝盖以上。”

“啊？可我今天，穿的就是牛仔裤……”

二人刚才一拍即合，顺势决定直接去店里，没做任何准备。直到此刻，美奈穗才注意到美纪的装扮，马后炮似的给了个 NG：“哎哟，你这身衣服可不行啊！”

“那算了……我就先回了。”美纪松了口气说，可美奈穗不甘心放弃。

“你住哪儿？”

“新丸子。”

“那也不远，你回个家换身衣服再来，完全来得及啊。”

“嗯，还是算了……我都没有膝盖以上的裙子……”

“不会吧?！那到涩谷之后，去‘零九’随便买一条？”

“我可没那闲钱。”

就算有，也不可能随随便便拿去买衣服。

“那这样吧，我去‘零九’买件衣服，买完了先借你穿穿。”

“啊?!”美纪不由自主盯着美奈穗的脸看了又看，问，“……真的可以吗？”

“当然。反正我正好也想买衣服了。你就陪我一块儿去挑挑吧。”

这天，美纪生平第一次踏进了涩谷109百货。和夸张新潮的辣妹文化素来无缘的美纪，原本对这地方始终敬而远之，但真走了进来，感觉也不过如此。商场里挤满了美纪听都没听过的品牌，打扮得花枝招展的店员靓丽得堪比模特，她们招呼客人的态度友好得叫人情不自禁想要退缩。不过，这里看上去并不像繁华都市令人生畏的璀璨夺目的核心地带，反倒像是乡野小镇随处可见的花花绿绿的服饰卖场里竭尽所能想要摄人眼球的私家小铺。

美奈穗随便走进一家，试穿了一条乳白色的连衣裙。一个身材劲爆的店员即刻用沙哑的声音招呼美纪说：“这条裙子可是今天刚刚到的货。”

试衣间的门帘拉开，美奈穗穿了一条几乎快要露出屁股的裙子，问美纪：“怎么样？”

“好看是好看，就是会不会太短？”

“我们店最喜欢女孩子穿迷你裙了，露得越多，时薪越高！”

“啊？真的吗？”

“当然是真的。绝对受欢迎！”美奈穗不带感情地笑了笑。

“这双鞋跟这裙子很配哦！要不要试试？”店员就像她俩的朋友，轻轻巧巧地插话道。

美奈穗依从店员的推荐，将脚伸入那双厚底一字扣皮鞋。“完了完了，这鞋子好漂亮！鞋也要了！”美奈穗兴奋得面颊飞红。连衣裙加皮鞋，总计一万六千日元。美奈穗用信用卡付了款。这也是美纪第一次看到别人刷卡购物。

美奈穗说的店坐落于名为“道玄坂”的坡道上，在一栋入驻有杂七杂八各式店铺的商业楼五楼。店铺深处的办公室里，美奈穗引见的男经理面容瘦削，脸色苍白，长得凶神恶煞；也不知是生就如此，还是做这一行做成了这样。男人眼珠子滴溜溜一转，不怀好意地打量着美纪，一脸失望地说："没胸啊……挤挤也才那么点？"不过旋即又道，"美奈穗愿意照应的话就试试吧。"加了这个条件便OK了。

"太好了！合格了耶！！"不知为何，美奈穗竟像自己被录用一般欣喜若狂。

"不过，腿好像还挺漂亮嘛！记得把腿露出来，要露腿哦！"

遵从经理大人指示，美纪遂被定位为"卖腿"。美奈穗闻言即刻使出撒手锏："没问题！正好有件超合适的衣服！"

美纪换上美奈穗在"109"买的超超短迷你裙，踩着高跟鞋，笔直的双腿被衬托得分外修长，连美奈穗都连声夸赞："不错嘛，身材很好啊！"美纪于是就裹着这样的装扮坐在客人身旁，挤出僵硬蹩脚的笑容，任时间飞快流逝。这里的客人形形色色，千差万别。一些男人肆无忌惮地将猥琐的目光投射在美纪大腿上肆意游走；一些男人嘴上轻浮地嫌弃道"我可不喜欢这种没见过世面的乡下妹子，一看就让我想起老家，哈哈哈”，可心里却还颇为中意，竟主动要求延长时间；还有些男人恳切地把他的愿望强加给美纪：“化妆什么的一旦长进了就没意思了，你可千万不要失掉这种纯纯的感觉哦！”这些男人因为付了钱，所以不会有分毫避忌，在女孩子面前直截了当地对她们的姿容评头论足。

女孩子们每二十分钟轮换一次，只要客人不要求延长，时间差不多时便会有人给出手势，离席即可。这一点颇为有利，不用时刻陪在客人身边，休息时间也很充裕。和从头站到尾不能有片刻懈怠的酒吧服务生相比，这工作悠悠闲闲坐着也无妨，简直轻松得让人提不起干劲。正如美奈穗所言，“在校女大学生”就像一块屡试屡灵的免死金牌。这家店极少有那种撸起袖子喝酒泄愤的讨人厌的客人，大多数都是没什么女人缘的男人，只消稍稍聊上几句，便会打开心门倾诉起不那么光辉的学生时代那悔不当初的遗憾与愤懑。

许是因为多年来习惯了看父亲脸色行事，美纪瞥上一眼便能洞察对方所求，也很懂得如何给予配合与满足。

就像美奈穗的那句点评：“讲不定你还挺适合干这个。”美纪虽也有些紧张，但并不讨厌给客人陪酒。只要带上几分好奇，揣度此人到底是何脾气秉性，那么无论何种客人，总能欢快地聊上几句。而且美纪自幼在渔港长大，早已习惯了脾气暴躁的男人，所以即便客人态度粗野，她也不会被轻易吓退。

“没想到还挺能派些用场。”美纪得到经理认可，定下每周来此工作三天。

第一天顺利结束后，经理一声“拿去”，递给美奈穗一只信封。

“哇噢！”美奈穗毫无心机地当场拆验，美纪在一旁目睹了信封里露出一张万元大钞。

原来如此，美纪心想，介绍人来就可以领钱，难怪对我这么照顾。

“下回也记得要露腿哦！好好干！”经理从身后高声叮嘱道。

换上自己衣服的美纪在拥挤不堪的末班电车里摇来晃去，她感觉似乎从缝隙间窥见了这个世界的本质，生出些微兴奋。男人和女人赤裸裸地相互榨取、各取所需，如此露骨而无耻的机制竟公然变成了世间通行的买卖，这是何等肮脏；而她自己，却要飞身投入那个世界的怀抱。店长开给美纪的时薪为一千六，仅比酒吧多了一百日元。

时间转入十一月，美纪无心去管身边风风火火忙着筹备学校艺术文化节的同学，天天早出晚归忙于打工挣钱。虽然每月已能进账八万左右，但做发型、买化妆品、置办服饰，各种开销跟着水涨船高，手头依然没有结余。倘若不把自己打扮得青春靓丽，在店里便抬不起头，时薪也上不去。就这样，辛辛苦苦挣到的钱，都被109、PARCO、LUMINE之类的百货商场吸得精光。血拼的快感与罪恶，总是相伴相随地支配着美纪。但即便如此，她依然欲罢不能。

“理惠再打扮得成熟一点，应该挺适合吧？”

听了美奈穗的建议，美纪茅塞顿开，心中第一次萌生了“适合”这个概念。原来根本没必要翻那些杂志学上面的模特，唉声叹气地想什么“能变成这样就好了”！当美纪开始摸索适合自己的装扮时，翻看时尚杂志也变得不再是折磨。美纪身形挺拔，五官冷峻，身上找不到任何可以用“可爱”二字形容的要素，她一直为此感到自卑，但其实只要反其道而行之，利用这些特点，彻彻底底走成熟路线，便会与她格外相称，这令她自己都倍感意外。一头及背的长发染成亮棕色，浅淡的五官施以浓重的烟熏眼妆，如此一来便会散发出一股不同于常人的神秘气质。上下班走在涩谷街头，被星探或其他男人搭讪对美纪而言早已成了家常便饭。

尽管校园生活已经变得得过且过，但随着服饰装扮的变化，美纪被男生搭话的次数越来越多，她切实感到自己的地位比入学时跃升了一大截。她还交到了首任男友，经济学系二年级的，对方表白说对美纪一见钟情。据说是校内某知名舞蹈社团的团员，感觉像是情场高手，面对这个第一次出现在眼前、自己既不喜欢也不讨厌的男生的表白，美纪当场便接受了。他家在东京，自己有车，第一次约会带美纪去了横滨港未来。坐上摩天轮饱览横滨的夜景，然后在一家颇为正式的餐厅——而不是家庭餐厅——一起吃了饭。等到男生开车把美纪送回她简陋的小公寓，她已经喜欢上了对方。很快，美纪便委身于他。她感到在与男人做爱之后，内心对男人所抱持的最本源的一种类似恐惧的东西逐渐消弭。有了男友，就像有了坚实的后盾，让美纪无比心安，同时也对自己多了份自信。美纪的人生，稍稍变得快乐了起来。

“三田节[1]，一块儿去吗？”美奈穗主动相约。

“想去，可我要去补习班教课……”美纪双手合掌作抱歉状，拒绝了美奈穗。

二人休息等客时闲聊起来，路过的经理“嘘”了

1　庆应大学的艺术文化节，因庆应主校区位于东京三田地区而得名。

一声，在她们脑袋上咚咚轻敲了两下。不过二人面无表情无视警告，继续这一话题。

“你听说没？青木那些一天到晚聚在一起的内部生，要趁三田节学校停课去纽约。”美奈穗说。

“什么？纽约？？”

“嗯。说什么这个时候机票特别便宜，巨划算。”

“纽约啊……我都想不出来，去纽约这种地方要花多少钱……”

自己在教小学生做算术那会儿，那些人居然要去纽约，这世界差得也太远了。美纪忽然冒出一个念头：倘若自己进的不是庆应，而是一所没有所谓内部生的普通高校，是不是就不会动辄被此刻这样的情绪所折磨？假如自己进的是早稻田……想到这，她脑海中顿时浮现出被鄙夷为“早稻女”的早稻田女生的样子。进早大也有进早大的悲催。美纪当年看东京的大学只知道一个偏差值[1]，全然不曾想象被人以大学校名

1　日本衡量学生学力水平的计算值，能反映学生在所有考生中的排名。

贴标签的痛苦。她备考时获取信息的唯一渠道——学校宣传册上，可从来不曾透露这些。

“我都没出过国。”美奈穗说。

“我也是。连飞机都没坐过。”美纪也耷拉下了脑袋。

就在外部生们热血沸腾地忙于书写大学艺术文化节这一青春篇章时，内部生们却在逍遥自在地游历世界，一想到这，美纪的心情说不出地灰暗。归国子女们流畅的英语和标准的发音，她们挎在手臂上的新款名牌包，还有终极耀眼的海外之旅。那些自己无论如何拼搏都无法触及的东西，内部生们不费吹灰之力唾手可得，两者之间的鸿沟巨大到连嫉妒的念头都变得愚不可及。

“我想我这一辈子都不会和那些人有什么来往。”美纪宣告说。

“我倒想蹭过去捡捡漏。”美奈穗露出一丝卑贱的笑容，但旋即便无望地吐出一句，“不过有钱人也只跟有钱人混在一起……”

那年年末，回了乡的美纪明显带上几分媚态，家里不管是谁都皱起了眉头。

“我说你这家伙，该不是在做什么不三不四的工作吧？”到底是父亲，看样子很擅长辨识出入夜店的女人，一看到美纪的装扮举止便试探道。

“是会给客人倒倒酒，不过没什么不三不四的。”

“给男人倒酒的地方，天下乌鸦一般黑。”

父亲面红耳赤情绪激动，可美纪数月来早已对醉酒的男人应付得得心应手，胆色渐长，态度凛然地反驳道：“光靠白天那些工作，挣的钱都不够付生活费。”

“大家不都一样?！谁挣钱都不容易！”

“你懂不懂？时薪越高，肯定越轻松好不好！”

“你这混账东西，怎么跟长辈说话的?！”

“少来这套，我也是拼死拼活在工作，累都累死了！”

“不就减了你那么点生活费吗！还自以为了不起了！听听你那口气！也不想想谁在替你交学费！”

“我也不容易好不好！同学一个个都跑去国外旅游了，我倒好，还要通宵达旦在外面打工！”

“通宵达旦？！你他妈到底在什么地方干活？！该不会真是什么夜店之类的？！”

“都说了不是了。”

“给男人倒酒的地方，天下乌鸦一般黑！”

那之后，场面变得略显惨烈。

毫无意义的争论一圈圈原地打转，最后转到的终点却是“明年学费不给你出了”这一单方面给出的结论。父亲仍未找到工作，扔出一句：可没那闲钱给你瞎浪费！祖父长期住进了医院，弟弟离高中毕业也还有两年。

“你听好，快收了东西给我滚回来！”

此言一出，客厅顿时鸦雀无声。

“你是要我退学？”

父亲没有点头，一口喝干了玻璃杯里的酒，算是回复。

“不出就不出，我自己想办法！”美纪气势汹汹地甩出这句，把刚取出的行李重新塞回力士保牌的波士顿包里，未过元旦便跳上了电车。

起初美纪气愤难当，决意奋发图强，学费、生活费全部自理。如此一来，便不用再忍气吞声看父母脸色，也可以摆脱罪恶感，拥抱真正的自由。逃课的时候，血拼的时候，和男客人亲昵调笑的时候，还有跟男友上床的时候，只要仍处于父母的庇护之下，心中无可避免会感到歉疚。无论父母与自己相隔多远，只要生活仍依靠他们资助，便不可能真正脱离他们。就因为一遍遍被告知“都是牙缝里省出的辛苦钱”，所以无论做什么，父亲冥顽不灵的表情和母亲华发斑驳、日渐憔悴的面容，总会在脑海中不断闪回。

美奈穗说要去一家更有赚头的店，美纪也随之同往，开始在六本木的夜店坐台，如此一来，她的脚步越发不常往校园里迈，也愈加不明白自己究竟为何工作。大二起更换校区更是起到了决定性的作用。一想到从新丸子的公寓往返三田校区的公交月票就要费不少钱，美纪便头疼得厉害。似乎也有许多学生因此搬去了三田附近，可对目前的美纪而言，要迁往房租更高的东京市区简直是痴人说梦。

升入二年级后，夜店的工作成了美纪生活的重心，她几乎尚未踏入三田校区，世间便已迎来五一黄金周，季节也由春入夏。学费到底怎么说？自己还算不算庆应的学生？莫非已经被学校开除？美纪每每看到塞在钱包里的学生证，心口便一阵刺痛。就连她与男友之间，都不知何时断了音信。

一旦做惯夜店的工作，便难以抽身。经六本木店结识的女孩介绍了条件更优的店铺，美纪没多久便辗转多地，先是麻布的俱乐部，之后又去了银座的高级会员制俱乐部。

店铺档次提升，收入自然上涨，美纪原以为自己一辈子都离不开新丸子的小公寓，可不觉间，她已迁入麻布十番高档住宅区的单间公寓，过着出门移动皆以出租车代步的生活。美纪早已习惯高跟鞋，举手投足千娇百媚，就连彰显女人风韵的动作也都有了固定的套路。

银座的高级会员制俱乐部店面不大，凝聚着妈妈桑独特的品位。年近七旬的妈妈桑审美独到，挑选的家具洋溢着浓厚的昭和情趣，店铺运作皆靠一位驻店多年、年岁已高的调酒师和两三个年轻的陪酒女郎。

“上我这儿来的客人，可不会满足于跟几个呆头呆脑的傻丫头说几句话、聊几句天。”

这便是妈妈桑的指导方针，美纪遵其教诲日日浏览晨报，时下热门的书籍一册不落悉数通读，并时不时光顾影院、美术馆和剧场。她勤奋好学、聪慧伶俐，深得妈妈桑的欢心，而妈妈桑无论面对何等地位的人都能与其在同一层面对话的才智与魄力，也大大刺激着美纪求学上进的欲望。

美纪被庆应开除的经历，在总经理级别的客人中反响颇为热烈。

“才那么点学费，早几年认识我，就帮你出了！啊哈哈哈……”

每当此类豪言壮语伴着嘶哑的语声震响耳畔，美纪满面的笑容之下，眼前都会浮现起当年的日吉校园，如同旧伤隐隐作痛。

那之后，因为常客对她纠缠不休，甚至尾随至公寓，她迫于无奈只得含泪挥别俱乐部，重新回到六本木，进了一家高档休闲吧。此处服装随意，不设定额，每月入手五十万不成问题。美纪觉得店铺轻松自在的氛围与她的性情不谋而合。不用穿露背礼服，也无须裹什么和服，自己买的当季休闲服饰照样可以穿去店里，来的客人也都年纪轻轻，出手阔绰。银座俱乐部的客人大多已过中年，总希望陪酒女郎由始至终片刻不停地做出回应。而六本木休闲吧的客人多为结伴而来的年轻男子，对他们而言，与同事或友人攀谈方为正事，至于陪在桌边的女郎，不过是一台促进空气循环的小风扇。这些人无须费心到几乎让美纪不由自主地感到扫兴。她仿佛是个被邀去参加饭局的女生，只需片刻不歇地保持微笑，偶尔插个话劝人点杯酒，几乎感觉不到是在工作。

有一次，美纪被分去招呼一桌五人的年轻客人，她注意到这些人都从庆应毕业，便插话道：“我也在庆应读过呢，不过只上了一年就退学了。”她说这话本也未多想，纯粹只是例行公事。

“啊？不是真的吧？”

那群人里像是领头人的男子条件反射般问出的这句“不是真的吧”溢出一股排斥的感觉，似乎在说：你在这种地方做小姐，怎么可能跟我们来自同一所母校？

美纪不甘示弱，继续说：“当然是真的。我那时候住在新丸子，在日吉校区上过课。”

“哦……”

果不其然，美纪的话被对方冷冷略过。那之后，他们对桌上这位陪酒女郎视而不见，就差没有明言相告：你可不可以不要搅扰我们的世界？可矛盾的是，这些人不过就是想喝上两杯，却还偏要跑来这种有美女作陪的高档休闲吧。

美纪再度逐一打量起这些人的脸，她不禁倒吸一口冷气：这些人，与她同级；此刻在她面前的，不正是那群在日吉校区教学楼的内院里常年霸占着长椅、引人注目的内部生吗？

美纪还发现她唯一记得名字的那位竟也在场，不由惊讶地问："对了！这位客人，我那时候应该还把心理学笔记借给过你。"

"啊？"已将酒杯端到嘴边的男子闻言抬起了头，"你是说我？"他一边指着自己，一边直视美纪的眼睛。

此人，便是青木幸一郎。

4

美纪元旦这天与母亲及祖母三人去拜了附近的神社，二号半步未出家门，一整天都在翻看书架上积了不少灰的漫画。三号她决定先去街上逛逛，再去参加傍晚开始的同学聚会。美纪已经许久不曾去过县里最敞阔的主街，那里写满了她高中时代的回忆。

大辅说，可以把美纪送去最近的车站。

美纪在家这几日没化妆也没戴隐形眼镜，今天却精心收拾出东京式的妆容，头发吹得一丝不苟，大辅见状不由感慨："动真格的啊！"

当美纪走向车站检票口时，他还从她身后大喊了一声"好好表现"，可话音未落，自己却笑了起来。

美纪乘上滑入月台的电车。车门需要手动开启，和高中时搭的是同一款车型。经暖气烘烤的车窗结起一层露，白蒙蒙一片，让美纪不禁莞尔，亲切而怀念。她用手拭去水露，看向窗外。每每与车窗上倒映的自己视线相遇，美纪便会陷入回忆，高中时的景象不断闪回，似乎在提醒她：无论去东京多少年，你本质上并未有任何改变。美纪不由别过脸去。

因为元旦休假，街上难得有一些行人，不过和从前一样，马路上的车远多于人行道上的人。行人光是走在路上什么都不做也很醒目。过红绿灯时，可以感受到车上的人投来的兴致勃勃的目光。

车站周边风貌大改，不再是美纪记忆中的模样。车站大楼已经翻新，站前的小广场也在施工，当年在里面埋头苦读一赖就是几个小时的甜甜圈店“美仕唐纳滋”连着那栋楼都没了踪影，仅挂起一块开发重建的告示牌。与车站连通的商业楼焕然一新，入驻的皆是连锁店，马路对面购物中心的空楼层里迁入了政府办公单位。美纪本想四处逛逛，可放眼街区找不出想看的东西，也没有想逛的店，于是径直去了同学聚会的酒店，在大堂咖啡厅里喝茶打发时间。

此处虽是市里数一数二的酒店，可咖啡厅里只有美纪一个客人。翻开菜单，净是咖啡红茶等软饮料以及蛋糕，小食也只有三明治，透着浓浓的老式咖啡店的感觉。一个满口方言的中年妇人上前招呼，美纪竟有了一种来亲戚家做客的错觉。她点的蒙布朗蛋糕放在一张皱巴巴的银纸片上直接上了桌，形貌和味道皆如昭和时代的西点，唯独一个“甜”字，美纪尝了一口便弃之于桌上。不过，美纪记得，曾几何时这样的味道也一度令她欢欣愉悦。在东京，吃了太多远比这美味的蛋糕，口味越发挑剔，以至于家乡酒店的蛋糕品过一口便再也入不了嘴，像自己这样的女人想必一定极度招人厌弃吧……不只是这块蛋糕，所有一切皆是如此。因为过于适应东京的生活，过于习惯东京亮出的水准，回到家乡看什么满眼都是疮痍，挡也挡不住。

聚会下午五点开始，和预想的全然不同。酒店宴会厅里，在璀璨夺目的水晶灯下，在桌上摆放的自助餐之间，年幼的孩子东奔西窜，襁褓中的婴儿号啕大哭，手机拍照的咔嚓声不绝于耳。据说这天约有一百人参加，可在美纪眼里，脸与名字对得上号的并无几人。她看到一个过去关系还不错的女生，未及多想便上前打了招呼，可不料竟想不起自己当年如何称呼对方，不得不为了不露破绽而费尽心思。

“没想到，同学聚会是这种风格。”美纪惊讶地感慨。

“没办法，谁让是那人组织的呢！”对方压着声音答道。

“那人？”

“那边那个。石井家的，建筑承包商第三代。”

顺其手指的方向看去，一个晒得黝黑、体格魁梧，怎么看都不缺钱的男人，正在以盖过众人的嗓门高声谈笑。

“那些人啊，就喜欢在这种地方搞派对。算是彻彻底底沾染上了中年大叔的恶俗趣味。”女人一脸鄙夷地对那群男人表示唾弃道。

不一会儿，三三两两聚起一群女人，围成一个小圈。

“你现在好漂亮哦！我都吓了一跳。”

“就是就是，我都没认出来是谁！”

对美纪说这些话的女人，她们自己也都与高中判若两人。每当沉睡在记忆深处的同届学友的音容身姿与眼前之人对上号时，美纪都不由夸张地惊叫一声。看女人外表塑造成何样，诸般内情便一目了然。兴趣爱好、性格特点、手头是否宽裕、心怀何种渴慕，这些都借由衣貌表露在外。所以，无须大费周章逐一追问这些女人是否已婚，需要了解的信息自会在无形中传达出来。当然，美纪也是如此，想必她的姿容中也透着在大都会打拼的女人所特有的、或可称之为锐气的东西。不仅如此，还附带几分不甚光明正大的道不清的妩媚，这已经深入骨髓，甩都甩不脱。

“美美！”

耳边传来一声大学时代那仅有的一点时光里被人如此称呼过的熟悉的昵称，美纪当即回身，眼前站的竟是平田。究竟有多少年没见了。

美纪激动得面泛红潮，似要拥抱一般拉住平田的双臂。

“美美啊，你后来怎么样了？我可担心你了。”

说的也是，是美纪这方一言未发便从对方面前消失了。看着平田的脸，大一入学典礼那天发生的一切，忽然便在脑海中回放起来。

平田毕业后进了本地的一家旅行社，现在也还在那里工作。她说大学生活虽然快活，可实在没精力在东京就职，所以选择回乡。依她的话便是：“那四年把我所有的精力都耗光了。”平田感慨：工作太开心，家里太舒服，完全错过了结婚的时机。

“我也是啊，错过了不知道多少次！”美纪笑着附和。

“你还好啦，绝对是我这种乡下地方过了三十的大龄剩女，日子比你难过好不好！”平田明媚地露出大大的笑脸断言道。

话虽如此，但从平田身上可以真真切切地感受到她每天都过得充实而快乐。据说现在正和县政府派驻过来的人一起，研究开发新的土特产伴手礼。

“将来我想自己开个公司，做些事情把我们这片搞得更有活力。你也看到了，这一片的人如果不去管他们，都不会有人想要做新的东西。我就想借鉴东京，发掘一下我们这里的特色和魅力，做些商品，搞些服务，相信肯定会有很大的发展空间。”

“哇，听上去真不错！”美纪整张脸亮了起来。

“虽然只有四年，不过去东京的那段经历，在这边还是很吃得开。”

“嗯，可以想象。毕竟没出去过的占了绝大多数。”

“是呀。我现在有时也会去东京玩两天，当年住在那里的感觉，偶尔还会想起来，一直都没忘。”

“就比如日吉校区？”美纪故意逗她。

“就比如日吉校区！”平田拍手应道。

二人自然而然聊起大学时代的往事，可美纪与平田可以分享的回忆出乎意料地少。唯一一段，两人都永生难忘的，便是跟着内部生——那个富家女——去东京柏悦喝下午茶。

“想那会儿，大一的时候我拼了命地想融入东京这座城市，不管看到什么都假装淡定，但那次可真是被震住了。”平田说。

看着和自己同年的女生习以为常地坐进出租车驶向高级酒店，就着英式三层点心架上种类繁多的甜品饮着红茶，一整个下午闲闲散散地聊着天，最后结账时轻轻巧巧便付了四五千日元，那可真是一场文化冲击。

“从‘下午茶’这个概念开始，就完全不知道她在说什么。”平田回忆道。

“就是就是。我那时心里还在吐槽：搞什么搞，你们还真当自己是贵族吗？！”

“哈哈，没错没错！”平田拍着手大笑起来。

美纪忽然有感而发：“其实那样的事，还真不少呢。什么都不想便跟着朋友去了，完全搞不清状况。好几次连自己在哪儿都不知道，就被人带着跑东跑西的。”

“现在想想，刚去东京那会儿，还真是挺辛苦。”

“是呢。”美纪浅浅一笑，颇为感慨地点点头。

“对了美美，你那会儿住哪儿来着？”

“新丸子。”

“没错没错，新丸子！”平田像被这地名点中了笑穴，咯咯咯停不下来，“记得我还去你那小公寓玩过一次。”

“嗯，来过来过，我也记得。”

“想我那会儿，住的是纲岛。”

“其实都不能算东京。”

“都出了多摩川了！”

“同学都说，你们这是外乡上京。”

“没错没错。可那时候哪儿懂那么多呀？地理位置完全没概念。”

与平田聊天，仿佛揭开了美纪心里记忆的封盖，五味杂陈的情绪一点点被唤醒。

四月的校区里人流熙攘，刚开始被吓得手足无措。一个人在公寓又小又冷的浴室里悠然泡着半身浴，感觉略寒酸，但又无比自由与幸福。高中时代喜爱的户外背包和彪马运动鞋，到底穿不出都市的感觉。厌恶自己外形跟不上潮流，买了时尚杂志全神贯注地研究怎么打扮才能去掉身上的土气，但一眼看到服装标价，顿时陷入绝望。还有进入秋季后，被染成一片金黄的银杏路上扑鼻而来的银杏的味道。

可惜那一切，皆在一年后画上了句点。

如今回望，桩桩件件都叫人怀念。

和平田令人激动的重逢落幕后，组织聚会的富三代“包工头”跑来跟美纪搭讪：“我俩是一个班的吧？”

“嗯……是一个班吗？”

“居然不记得我了，伤心！你喝的是什么？”

“琴蕾。”

“看着不错嘛。我也来一杯吧。”不愧是富三代，就连招呼侍应生的手势，都溢出一股傲慢。

“你姓什么来着？”

“……时冈。”

“名字呢？”

“美纪。”

“时冈美纪啊……现在做什么？住东京？”

“是的。”

“不要这么一本正经嘛！”他颇为欢快地笑起来，“我叫什么，记得吗？”

“姓……石井？”

“没错，猜对啦！怎么样？过得开心吗？”石井嬉皮笑脸，眼角开始下弯，以一种纯熟老道的搭讪腔跟美纪东拉西扯，听到美纪回答住在东京，当即“哟”了一声，露出刮目相看的神色。

“我今天，在这酒店开了个房间。”石井说。

“是吗？为什么要开房？”

“那不就是开车出来但喝了酒嘛，比起找人代驾然后打车，还是直接住酒店便宜。”

“这样啊。吓我一跳……还以为你要约我呢。”美纪松了口气。

“没错，我是在约你啊。”石井依旧嬉皮笑脸。

“难道你，还没结婚？”美纪问。

“结了结了。孩子都有两个了。”

对方答得光明磊落，不见丝毫愧色，看他左手无名指，确实戴着一只像是山寨版的宽大的克罗心银戒指。

又来了……美纪感到一阵失落。

如此轻率便跟美纪搭讪的，注定都是这一类结了婚的男人。这些已婚人士厚颜无耻到令人瞠目，一副从容不迫的样子，满不在乎地找女人约炮，就好似在约人玩游戏打发时间。而对那些和他们保持关系的女人，还拒不愿称“情妇”，堂而皇之称其为“恋人”。

“差不多了，我也该回去了。”美纪话锋一转，想要脱身。

忽然，包中手机一震，美纪赶紧道了声“不好意思”，假装有电话拨入，从富三代身边逃了开去。是LINE，来自青木幸一郎。

“在东京？”

信息简洁到仿佛在说：不在东京就不找你了。

收到幸一郎的信息，美纪的第一反应自然是开心，但同时，她的心也笼罩上了一层说不清道不明的阴郁。找上她的，不是富三代那样想要一场外遇的已婚人士，便是青木幸一郎这样只在希望她招之即来的时候才联系的男人。美纪甚至已经无法想象她与某个男人平平常常地交往，然后自然而然地结婚。

美纪走出宴会厅，在LINE上回了消息：“还在父母家。刚参加完同学聚会，正要回去。”

她本希望对方能对“同学聚会”这几个字做些回

应，但幸一郎不用说自然是视而不见。

“明晚有空？我想去参加下面这个派对。”

接着贴了段像是邀请函的文字。

“香槟派对？都有些什么人呀？”

美纪问归问，但就以往的经验而言，会来些什么人大致可以猜到。在东京这座城市，醉心于此类交际的大有人在。

“有空？”

又来了一条 LINE，似在催促。

“闲着呢。”

“那明晚七点。直接门口集合 OK 吗？”

“OK。七点见。”

其实美纪已经买好了后天回去的新干线车票。但不管怎样，她应该都会改变行程提前回东京去。幸一郎发来了邀约固然也是原因之一，不过即便无此邀约，她也已经归心似箭。在东京生活十余年之后，这座出生长大的小镇上，已没有任何东西再能令她感到满意。

5

以二十五岁为界，美纪决意抽身离开风月场。若仅考虑收入，只怕再找不到比休闲吧更好的工作，况且也有一些陪酒女郎，年近三十依然可以凭着说话技巧和富于人情味的态度吸引住客人；但归根结底，在这个世界里年老色衰所带来的损失过于惨重。美纪盘算着，若要把对金钱的观念和生活的感觉调拨回正常轨道，她这个年岁为时未晚。仅仅是坐在男人身边满面堆笑时不时陪聊几句，便能挣到比普通白领高出近一倍的工资，坦白说，这样的工作求之不得，但美纪生性正派，总感觉自己是在偷懒耍诈，夜里常常睡不踏实。

休闲吧有个常客，自称是IT新创企业的CEO。美纪又是陪聊又是奉承，有一次说到兴起便顺势央求："也把我招进你们公司嘛！"对方见她长得漂亮，人也机灵，没问几句便录用了。就这样，借着公司刚刚起步的混乱，美纪不动声色地在办公室里占据了一席之地。

美纪早已看透世间本质，一切也都写在了她的脸上，所以面相略显老成。政治家、官员、电视台导播、演艺圈名流——因为和各行各业的男人交谈，深知他们醉酒之后暴露的本性，美纪觉得白天所谓的真实世界不过尔尔。说到底，她对那一切已然幻灭。

一直保持联系的美奈穗发来消息说，这一届学生就业形势愁云惨淡。但另一边，那些内部生却天经地义般地拿到了聘书。有传言称，那些大学四年玩得尽情尽兴的白富美，凭着人脉和关系进了知名时尚品牌或广告公司。听到这些，美纪并不惊讶，她早已麻木。她只会带着洞悉一切的表情点一点头：不就那么回事吗？对于“社会”这个神秘未知的东西，身为一介陪酒女郎的美纪，听得越多便越发对此有所领悟。在那金字塔的顶端，是一个闭塞到令人窒息的小团体。那里面，“认识某某某”几乎便是全部，不问实力，看的只有人脉和出身。他们的世界因为与外界隔绝，所以逼仄得可怕。看重出身地界，连购物用餐也只去固定的店铺，这些人极度缺乏闯荡外部世界的精神，与外面人接触的机会少之又少。

这些特性在青木幸一郎身上尤为明显，他是内部生集团中最常光顾休闲吧的老客，来过几次之后便点名要美纪陪酒。虽然幸一郎自己说没什么印象，但过去问美纪借笔记的事却成了他津津乐道的小插曲，借着旧友故知这一层联系对美纪示好。幸一郎从庆应毕业后进了东京大学法学院，那时正在准备司法考试，打算做律师。那段时间，他与先一步踏上社会的朋友日渐疏远，白天独自一人闷头苦学之后，常喜欢来休闲吧换换心情，由美纪陪着喝上两杯。

对幸一郎而言，那些日子似乎是他人生中最劳心费神的时光。身边的朋友已有工资可拿，唯独自己还是个学生，不得不继续念书，想来他本是想找人慰藉一下心底的孤寂与辛酸。

可经历过考场杀伐的美纪却半开玩笑地厉声呵

斥："像你们这样考都不用考就直升大学的，才奇怪呢！你这样的就该多学学！"她故意说得不留情面。

幸一郎似乎觉得颇为有趣，开心地咯咯直笑。

"我下礼拜要一个人集训，好好用功，你也来吧？"

"我去干吗？"

"一起来不挺好。我准备住到轻井泽的别墅去，最后冲刺一把。"

"那我去了，岂不就没有集训的意义了？"

"怎么没有！来帮我做饭呗。"

"啊？！你不会叫你妈做啊！"

"我母亲在别墅从来不做饭。"

"那谁来做？"

"阿姨做呗。"

"所以说嘛，你就是个公子哥……"

幸一郎被美纪这样嘲讽也不觉生气，反倒又开心地咯咯笑起来。

美纪最后还是跟他去了轻井泽的别墅，不过她半点下不了厨，结果二人几乎餐餐在外解决。

“搞什么嘛，我还以为只要是女人就都会做饭呢！”幸一郎说，倒也并不显得特别失望。美纪也一样不觉有愧，反驳道：“开什么玩笑！女人不跟男人一样，要读书要工作，你倒说说哪来的时间学做饭？！”

不出所料，被美纪劈头盖脸驳斥回来时，幸一郎似乎最感到尽兴，笑得一脸天真。

美纪在幸一郎面前表现得轻佻泼辣。直觉告诉她，幸一郎渴慕的正是这样的女人，所以她半真半假演给他看。与幸一郎相处时的美纪，归根结底不过是休闲吧陪酒人格的延续。显而易见，幸一郎对美纪一无所知，无意去了解，也无意去接纳。一旦美纪开始要求这些，想必幸一郎即刻会将她贬为“烦人的女人”，冷酷无情地弃置一旁。所以二人究竟是何关系，从来没有明确的定义，会上床、会出游，日常交往几乎与恋人别无二致。

即便在幸一郎顺利通过司法考试，进综合律所就职之后，二人依然维持着这种若即若离的关系。幸一郎抱怨一个人吃饭无聊便会叫上美纪，来了兴致也会和她做爱，但从不曾将美纪介绍给朋友。美纪很清楚自己被归入的是“情人”这一档，对方不过是和她无伤大雅地寻欢作乐，但她也无意了断二人之间不痛不痒的关系。美纪也有美纪的狡黠：与幸一郎这样的人有所往来，对美纪而言如同上了一层保险。

就算二人关系已如此亲近，美纪依然时不时会想起当年，站在远处以艳羡仰慕的眼神偷偷凝望着阶层截然不同的幸一郎时的感觉。比起现实中的幸一郎，美纪更爱慕记忆中的幸一郎。那是一个即便站在一群内部生中间依然炫目耀眼的、遥不可及的王子……和这位王子一对一纵情享乐的关系，她又怎可能会想要放手。

美纪与男友分手之后的这一年，也是她与幸一郎迄今为止相处得最像恋人的一年。就年龄而言，幸一郎也该考虑结婚成家。美纪有时也会抱有一丝淡淡的期待：说不定他会选择与他亲密无间的自己作为结婚对象。且美纪心里明白得很，倘若幸一郎没有丝毫这样的意向，她就应该当机立断了结这段孽缘，正正经经找个恋人，否则只怕永远结不了婚。美纪时而劝诫自己不能为了这段图一时之快的关系而错失结婚的良机，时而又心存侥幸放不下那份期许——已步入三十二岁的她，内心每一天都在摇摆，日日举棋不定。

在元旦假期所剩无多的周日夜晚，美纪穿一袭黑色羊毛连衣裙，轻轻捏着香槟杯细细的杯柱，微醺地打量着六本木的派对会场。挑高的顶棚下，时尚而考究的间接照明，将有着一整面玻璃墙的红酒酒库照得光洁通透。几个穿白衬衫的身形修长的侍者，优雅地举着放满玻璃杯的银托盘，活动还贴心地安排了钢琴和小提琴的现场演奏。费尽心机挖空心思塑造着所谓的“东京”，这种奢豪让人不由想嗤之以鼻。邀请函上说收到此函的仅限百名遴选而出的风雅人士，但毕竟元旦刚过，现场聚起的人怎么看都不及这一数字。不过，前来参加的人个个盛装赴会，挂着一脸“自己绝非圈外人”的表情谈笑风生。在东京，依然有许多人忘不了泡沫时代的残梦，总以为还有希望，还能拼一拼，不依不饶地开着一场又一场派对。

幸一郎常会接到此类派对邀请，对装扮美艳也懂得活跃气氛的美纪，他颇为中意，时常招呼她同往。幸一郎虽不是什么社交能人，但对扩展人脉心无旁骛。每一次，美纪都不会露出分毫“我是他恋人”的姿态，言谈举止大方得体，从幸一郎的角度看，也确实是携之同往的不二人选。而美纪则觉得，此类派对参加多了，结识的人自然会多起来，所以也未尝不可。

事实上，这些人脉许多都能带来工作上的益处，坦白说此类场合结交而来的关系不容小觑。但另一方面，所谓派对不过徒有虚名，实则更像一场处处忙着递换名片的、并无实质内容的跨行业交流会，没有一个人看上去是在真心享受美酒佳肴。此刻幸一郎正忙于和来头不明的企业总经理们互换名片，美纪出神地看着这一幕。

没几小时前看到的家乡小镇和眼前的东京，这中间为什么会有如此大的温度差？换作平时绝对熟视无睹的巨大反差，在今天这一刻，美纪无论如何都消化不了。马路两侧生了锈的卷帘门一路绵延不绝的商店街，弟弟那辆直线飞驰驶去大卖场找他炮友的红色跑车，还有鱼少了、渔夫也少了的蓝色大海——没多久前映入视野的风景在脑中飞速闪回，一时搅得美纪心乱如麻。

那座小镇，那种无可救药的感觉。那份寂寥，那种无人的荒凉。什么都没有，泄尽所有的气，懒散到了极限。只要身处当地，美纪便仿佛会被疲累的巨浪所吞没；仿佛会回到内心郁结不满，为了泄愤而伏案苦读的高中时代。

但不可思议的是，家人和同学都在那座小镇上过得充实而满足，没有任何疑念，看上去竟是那般惬意舒适，为什么唯独自己无法融入，一刻都不愿待在那里。

究竟是何时开始的?

究竟从什么时候起，自己想要走出去?

美纪心里思忖着，面无表情地看着幸一郎站在一群人围起的圈子正中优雅地举杯畅谈。

不论是东京还是家乡，都只有美纪孤零零地，站在圈外。

“你们二位什么关系？”

忽然，就在美纪身后，那个刚刚攀谈过两句的拉小提琴的女子，轻轻探过脑袋询问道。

“哎哟，吓我一跳！”问题来得突然，美纪笑着转向她。

“就是刚才那个拿出名片的男人，”对方说着将目光投向幸一郎所在的方位，追问道，“是你男朋友？”脸上显露出顽皮的神色。

“不不不，不是啦。才不是什么男朋友。”

“真的吗？可我看你们很般配呢！”

“真不是。我和他的关系呢……应该算是大学同学？”

“这样啊。”她的语调明白无误地传达出她可不相信的意味，重复了一遍“大学同学啊”，接着又道，“真羡慕。”

“啊？有什么可羡慕的？不过就是普通同学。”

"我小学开始一直念女校，大学出国留学了，所以男同学里从来没有日本人。也不知道是种什么感觉。"

美纪不禁感慨：原来世上还有这样的人。

"对了，我们还是互换一下 LINE 吧，可以吗？"

对方问，美纪笑答"当然可以"。这时美纪才想起自己虽然和对方搭了话，却一直没问她的名字。

所谓派对，大凡如此。逢场作戏谈笑两声，告别时脸和名字尚未对上号，大多没有下文。不过，获邀参加此类活动的基本也就那些人，或许不知什么时候便会在别的派对上重逢，一来二去混到脸熟，人脉也就逐渐扩展。

"原来你姓相乐，很高兴认识你！"美纪一边把手机放回手包，一边跟对方寒暄。

"你们是大学同学，也就是说从大学开始就一直是朋友了？"相乐继续打探起美纪与幸一郎的关系。

美纪歪了歪头，答道："嗯，我大学中途退学了，所以严格来说不能算一直。而且大学那会儿，我和他没怎么打过交道。"

“那也就是说，是在大学外面遇上的？真会这么巧吗？上大学的时候没什么来往，出了大学反倒成了朋友……”

“不就那么巧吗？”因为相乐紧追不放气势逼人，美纪不由也话多起来，“学校这个圈子其实小得很，就因为这样，在校的时候顾及周围人的眼光，虽然心里很想跟某个人走近一点、交个朋友，可结果却连跟对方说话的勇气都没有，不是吗？”

“嗯，原来如此。”

相乐似乎终于有所领悟，不再对美纪穷追猛打。她将杯中的香槟一饮而尽，忽就正色道：“下次找个机会，一起吃个饭？”

在这样的场合初次见面便当即发出邀约，实属罕见。美纪出于礼貌回复道：“好啊好啊，有空约。”

可没想到，相乐迅速补上一句：“我可不可以再叫一个人？”

“嗯？当然可以。”美纪完全猜不透对方要叫谁。

相乐道：“有个女生，想介绍你认识一下。”

第三章

相遇

女人对女人的道义、
结婚、多米诺效应

第三章

邂逅

女同士の義理、結婚、連鎖

1

青木家与榛原家的定亲仪式安排在帝国饭店四楼茶室“东光庵”，至此二人正式订婚。定亲那天，幸一郎母亲穿一件单侧袖臂及下摆装饰有大片小菊与牡丹纹饰，并印有家纹的淡青色正装和服，华子母亲京子则是一身嫩草色纯色无花和服，而华子则挑了件纱绫纹上绘满鹤龟松竹梅等喜庆纹样的橙色绫质长袖和服。

隔着榻榻米上排放的一件件装点有喜庆彩结、极力讨个口彩的定亲礼——“胜男节（木鱼花）”、“寿留女（干鱿鱼）”、“子生妇（海带）”及“友白发（纯米日本酒）”，两家人三对三分坐两侧，互换礼单、回执、家谱及族谱。在互道此种场合必说的“厚礼笑纳，谨愿两家世代修好”之后，仪式结束，两家人共进喜宴。双方父母和睦攀谈，讨论起之后的婚礼流程。

幸一郎父亲负责致开宴辞，他这天穿一套深色西服，头发朝后梳起纹丝不乱。他问：“说起来，你们两个准备在哪儿办婚礼？”

问得如此直截了当，幸一郎与华子不由面面相觑，同时侧头思考起来。华子这段时间忙于筹备定亲，根本无暇思考婚礼及婚宴。

“华子有什么想法没？”幸一郎母亲主动征求华子的意见，但这份关切却让人觉得别有一种说不出的压迫。

华子沉吟片刻，答道：“嗯……我倒是有个朋友在东京皇宫酒店办的，感觉很不错。皇宫里的绿植代替了金屏风，新郎新娘就站在那前面。”

“你要去皇宫酒店办？”

幸一郎母亲问得咄咄逼人，华子略有些招架不住，答：“不……倒也不是这个意思……”说着，她缩了缩脖子，试图以笑容搪塞过去。

“你看大仓怎么样？我们青木家，可都是在大仓办的。我跟他父亲在那里，兄长和嫂嫂也在那里。”幸一郎母亲说得甚为斩钉截铁。就好似在虎门的东京大仓酒店办婚礼，才是这世上唯一正确的选择。华子忽然想起，年初去青木家拜见长辈时，他母亲也提到了大仓。

“不过大仓，好像要推倒重建是不是？总感觉在哪里看到过这样的消息。”华子父亲宗郎插话道。

“什么？大仓要拆？”京子始料未及，吃惊地问。

幸一郎父亲似乎对个中内情颇为熟悉，据他说，大仓分主楼和副楼，为了迎接2020年东京奥运，年代已久的主楼计划推倒重建。说是营业到今年八月底，其后主楼便会关闭，新的高层大厦预定于2019年完工。

“真不敢相信，大仓的主楼居然要拆。那么漂亮的大堂竟然要没了，这可真是……”京子初次听闻大仓翻新的消息，似乎颇为感伤。

而幸一郎父亲却无半分遗憾，以一种世事皆然的口吻道："奥运到底是国际盛事，酒店业自然忙得不可开交，以前就是这样。没记错的话，大仓本来就是在1964年东京奥运会之前建起来的。"他说着双臂交抱于胸前，开始夸示其熟知的大仓酒店的历史：大仓财阀家第二代公子被誉为"末代男爵"，此人到底是财阀后裔，审美眼光独到，且深谙"贵族义务"[1]，为让战败后满目疮痍的日本也能在西方人面前挺起胸膛，他立志要建世界一流的酒店，于是动用自身财产，斥巨资建造了大仓。旗下三家酒店分别坐落于虎门、神谷町及六本木一丁目，皆离公交车站较远，极度不便，在此住宿的客人几乎都需驾私车或搭出租车，究其原因，三处酒店所在土地原本均为大仓家所有。

1　欧洲起源于中世纪封建制度的传统社会观念，认为贵族阶层有义务承担社会责任，可理解为"地位越高，责任越大"。

“我们家老太太还能记得酒店建起来之前，大仓家老宅的样子呢！”幸一郎母亲忙给丈夫的杂学讲课添了一笔。

“我们家从我父亲这一代起，就一直住在神谷町。”幸一郎父亲也补充道，“世间说起奥运，都在议论国立竞技场，可在我看来，大仓其实更能象征日本与奥运的关系。”他说这句话时依旧不流露分毫情感，语势平稳淡然。

“不过，不管怎么说，那个大堂要拆掉，确实有些遗憾啊！”宗郎道。

“就是，真挺遗憾的。对了，那个特别出名的灯具，叫什么来着？就是看上去像一个个多边玻璃球串在一起的那个……”京子眼望半空双目失神，急欲想起灯具的名字。

“大仓灯笼！”幸一郎母亲高声提醒。

“现在想想，大仓是挺特别。我小时候还以为哪儿都一样，也没怎么注意。酒店的外墙就像古代的库房，很有日本味道。”幸一郎也加入了对话。

“那外墙，叫‘海参墙’[1]。”幸一郎母亲彻底来了兴致。

不过，京子打断道：“我们在帝国饭店，说的尽是大仓的事，感觉会招人厌呢。”幸一郎母亲附和着“说的也是”，两位人母相视而笑，喜宴气氛融洽。

两家人说东道西间不时也会言及各家情况及所做的工作，不过话都说得露半分藏半分。唯独幸一郎父亲刻意提了一句，说他兄长在众议院任议员，婚礼势必会邀请许多政界人士，犬子的大喜之日也希望得到他们的祝福。

“那可真得好好热闹一下！会不会叫什么明星来？”宗郎说着哈哈大笑，开起了并不怎么好笑的玩笑。

“这可真够厉害的，还真是名家出英才！”

京子在席间只是客套了一番，但一坐上出租车便紧张起来，一路上都在絮叨政治家的事：“你说这将

1 亦称“菱纹墙”，在墙体表面斜镶方形平瓦，用灰泥接缝并抹成海参形白色凸棱，该技法多见于江户时代的仓库或诸侯宅院的围墙等处。

来，幸一郎会不会也要从政啊？”

“这也是人之常情，他们家经营的公司规模不小，这样的人家免不了要找个自己人送到国会里去。”宗郎似乎觉得理所当然，还说，“讲不定也真到了要新老交接的时候。”听那语气似乎并不觉得有何不可。

身为父亲，想到乘龙快婿将来可能竞选议员，或许会觉得颜面增光，志得意满。但另一边，京子却担心，若真是如此，将来华子免不了要陪着上街拉票，对人点头哈腰，受那些本不必受的苦，她思前想后不禁忧心不已。

青木家拜托素有往来的大仓内部人士，与宴会预订部婚宴咨询处订好了商谈的时日，并早早定下了婚宴厅，这些华子皆是事后才被告知。“华子啊，某日某时到哪儿哪儿去一下哦！”收到幸一郎母亲的邮件，华子虽心头一惊却也只能依命行事。会面时间为工作日上午十点，华子试着问幸一郎“能一起去吗”，被对方一口回绝：“不行不行，要工作。”她正为一个人去会不会紧张而犯愁之际，再度收到婆婆的邮件：“就在大仓的大堂碰头怎么样？”此刻华子才意识到，原来婆婆本就计划与她同行。幸一郎母亲不拘小节，谈吐随和，但为人略显强势，华子与她走访大仓酒店婚宴咨询处时，恰是四月樱花满开的时节。

“这位就是我儿媳，华子。”经幸一郎母亲介绍，华子毕恭毕敬地行过礼。接待她们的宴会预订部负责人似乎与华子婆婆早已熟识，闲谈的口气像在与友人说话，还连连向她们道贺。

婆婆定下的婚宴场地名为“平安厅”，是大仓酒店席位最多的豪华宴会厅，很有些年头，过去还曾承办国际会议。第一次会面，主要聊了聊婚礼与婚宴的整体流程、请柬设计、邀请人数等等。华子本以为商谈结束便能重获自由，不想之后被带去酒店休闲餐厅“Kameria”用了午膳，再之后，婆婆一时兴起说了句“对了对了，去千鸟渊看看花吧”，又将华子拖去赏樱，等她被拉着做完这些回到自己家，已近日暮时分。与婚礼筹备同步，还要忙着装饰新房，预订蜜月旅行，大小事务堆积如山。

二人婚后住的新房早已定好，是青木家买在丰洲的塔楼公寓。四十五楼，客厅约三十三平方米，带两间西式地板房，还附一间约六平方米的衣帽间，据说若是租赁，月租金要三十万日元。公寓景观只能用壮阔来形容，可以俯瞰东京湾景，但华子一想到要迁居江东区填海造出来的地，不免有些失落。再思及婚后自己将在这公寓里独自一人等待幸一郎回家，心情更是沉重。公寓里的家具家电必须逐一购置，可华子从未离开过父母，全然不知从何买起。即便找幸一郎商量，他也只会重复那两句“华子你定吧”、“挑你喜欢的就好”，弄得华子一筹莫展。

2

相乐逸子自打儿时起便觉得出生长大的世界压抑得让人喘不过气来，总感觉自己真正的归宿并非此处，而在其他什么地方。她寄希望于海外，渴望从幼年以来所处的让人莫名感到局促逼仄的生活环境与人际关系中解脱出去。解脱之地便是德国，大学专攻小提琴，听起来似有些超凡脱俗不理尘世，但逸子在某一时刻忽就意识到，这其实不过是另一种“进京”。东京这座城市犹如一个活物，时时会有胎动，心脏怦怦跳动间吸入数十万数百万人，也吐出数十万数百万人。倘若自己的归宿是个如此怪异的地方，该叫人如何是好？东京崇尚享乐且不知满足，但话虽如此，却也轻松自在，居住的感觉说不上不舒服，只不过待的时间一久，便会觉得自己被缠绕、拖拽进温热安逸的俗世，毫无缘由地涌起一股焦躁。之后渐渐越发坐卧不宁，迫不及待想要逃离。逃向某个遥远的处所。遥远得不能再遥远的地方……

周六下午，在日本桥东京文华东方酒店的大堂里，逸子跷着腿独坐窗边。V领密织针织衫、迷你裙、长筒袜、短靴，从头到脚清一色全黑，唯独手边放的巴黎世家的包包红得炽烈，风格硬朗的装饰钉光芒闪烁。窗外晴空万里，日光明媚得略嫌刺眼，朝西的巨幕玻璃窗外，高层办公楼尽收眼底，远至天际的地方隐隐浮现着像是富士山的剪影。逸子百无聊赖地看着眼前的风景。

“这位客人，您等的人到了。”女侍应生低声通报，逸子抬起了头。眼前的女侍应生就好似这酒店的名称，穿一身颇为奇特的透着浓浓异域风情的制服，却又全然看不出是东方哪一国的民族服装。因为一头黑发紧紧盘在脑后，侧分发线异常明晰，所以整张脸给人以凛然疏淡的感觉。

侍应生身后，时冈美纪犹犹豫豫地探出头道：“抱歉啊……我一下子找不到地方了。都没怎么来过日本桥这一片。”

美纪羞涩一笑，利索地脱去外套，在逸子对面的座椅上落了座。白色针织衫搭紧身牛仔裤，一双米色高跟鞋。无论头发还是脸颊都光艳美丽，时尚动人，不过她接过菜单、前后翻动的手已不再肉感，细瘦得叫人心惊的手指隐约让人觉察出她的年纪。

“休息日把你叫出来，真不好意思。”

听到逸子的话，美纪露出亲切感十足的笑容：“没事没事，来这种地方还挺开心。”说着开始东张西望。“点什么好呢……”美纪踌躇再三之后，要了杯咖啡，逸子也跟侍应生点了同样的东西。

美纪似乎对文华东方高档奢华的装潢及窗外的景观颇感新鲜，还取出手机对准外面：“那边那个，该不会是富士山吧?!”少顷，她问逸子，“对了，你说过还有一个女生要来。是什么样的人？”

来此之前，逸子仅告知美纪“有个女生，想介绍你认识一下”。想必美纪一定以为，是个看似能和她聊到一起，或有着差不多兴趣爱好的女孩。美纪那双眼睛毫无戒备地放着光彩，逸子不免有些歉疚，谨慎思考着措辞道：“对不起，其实今天这个，不是什么开开心心的聚会。坦白讲，应该是绝对不会开心的那种。”

“……你这是什么意思？要介绍给我的是什么人？到底谁会来？”美纪的面色由晴转阴，略显不安。

“要来的女生，名叫榛原华子，我和她上小学时就是同学。不过在她来之前，有些话我想先跟你说一说，所以我跟她约定的时间要晚一个小时。”

见对方安排得如此周密，美纪戒心不免更重，问：“不好意思，你这个，到底算什么……？”她双目微颤，惊慌失措。逸子连声安抚请她放宽心，美纪这才同意姑且听听她要说什么。

“一会儿要来的那个华子，刚刚和人订婚。她去年一直在相亲，好不容易找到了一个合适的人。跟她订婚的这位……就是上次，跟你一起来参加派对的男人，是叫青木幸一郎吧？”

“……你说什么？？”美纪满面震惊，反问道。

“青木，幸一郎。”逸子口齿清晰地重复道，紧接着问，“你可知道这位青木先生订婚的事？”

美纪仍带着一脸愣怔的表情，摇了摇头。

“果然……我就猜到……”逸子的声音里透着对青木幸一郎的失望。

“不好意思，有件事必须先跟你坦白，那天见到你跟青木在一起，我突然意识到这个人就是华子的未婚夫，所以马上就给华子报了信。”

“……已经报过信了啊……”美纪咀嚼着这句话，露出一丝苦笑。

逸子手指交叉紧握在一起，继续道：“我也想过你们二位可能只是普通朋友，不过你们在一起的感觉，完全就像恋人，更准确地讲，亲密得简直像夫妻，所以我一下子就感觉到，这两人的关系肯定不简单……那之后我赶紧跟华子联系，然后又去找你，约好下次出来见见。”

“……也就是说，你给我设了个套？”美纪似乎很受打击。

“不不，我可没有这个意思。”逸子分外轻快，却也坦荡磊落地表示“NO”，接着又说，“我必须先声明，今天安排这次会面，绝不是想看你跟华子互掐。我不希望你们两个正面对决，从我的角度讲，也不想说什么要你跟青木做个了断之类的话……我的目的刚好相反，不想你们吵架，更不愿意你们闹得很难看。

所以才想在事情败露之前，在局面变得不可收拾之前，就像休克疗法那样，不管三七二十一先让你们见个面！所以，这一切都是我一个人安排的。”

此番回复全然出乎美纪的意料，她喃喃道了句“这样啊”，往端上桌的咖啡里加入牛奶，默默喝了一口。逸子也端起咖啡杯轻轻一抿，之后放入砂糖和牛奶再度小饮一口。接着，她凝视美纪，语带迟疑地问：“首先，在华子来之前，能不能先问问你和青木幸一郎到底什么关系？”

“哦，好。”美纪略有些犹豫，沉默片刻后微微一笑，简明扼要地说了她与幸一郎的过往：大学做同学时没什么交集，出了大学再次相遇，后来这几年关系变得暧昧不明，一直拖拖拉拉延续到现在……

“那，你喜欢青木幸一郎吗？”逸子单刀直入，直指问题的核心。

“应该……算喜欢吧。”美纪歪了歪脖子，又道，“被幸一郎那样的人看上，这世上应该没几个女人会觉得不开心吧。”她稍稍偷换了一点概念。

美纪接着说："那个人，可是个王子。早在上大学的时候，地位就已经高高在上。当然，我也不是只想跟他玩玩儿，我心里也不是没想过跟他正正经经地谈个恋爱，有可能的话最好能结婚。我们俩在大学几乎完全没接触。人家是个闪亮耀眼的内部生，而我嘛，就是个外乡跑来东京、家里没什么钱的外部生，本来就不在一个阶层。所以重新碰到之后，能跟幸一郎像朋友一样相处，我刚开始真的特别激动。我还想过，假如顺利的话，说不定就……不过，幸一郎根本没把我放进他那个选项，这一点不用说也能看出来。"

"……放进选项？什么意思？"逸子问得直截了当。

美纪手扶咖啡杯，沉思片刻，决意道出实情："我现在，在一般的公司工作，不过以前，是在休闲吧做的。你知道休闲吧是什么地方吗？"

逸子果断摇头。美纪竭尽全力装得泰然自若，说："就是给男客人倒倒酒聊聊天的地方。"

"哦……"逸子的反应像只泄气的气球，顿时缩了下去。

“比起夜店来，应该说那地方没那么闹腾，更加安静一点。我碰到了一些事，大学没能毕业。辍学之后过了几年，有一天幸一郎跟几个朋友一起到我上班的休闲吧来，我们就是在那里遇到的。”

“你说的这些，都是多少年前的事？”逸子猛地探出身子问。

“大概有十年了吧。”

“十年……？！”

漫长到如此出乎意料的答复彻底惊到了逸子。相较之下，华子与幸一郎交往不过半年。

“不过，幸一郎从一开始就把我看成是休闲吧里的女人。所以在他眼里，我大概这辈子都是那种女人。”

“你的意思是……？”

“风月场里的女人？……好像也不太一样。该怎么说呢，就是那种想玩的时候叫出来，不需要考虑那么多的异性朋友？就像上次他叫我去参加那个派对，不过是想让我免费做一晚陪酒女罢了。”

“我懂我懂！”逸子略显激动地表达了共鸣，说，

“这种我也碰到过！几个男人一起喝酒，叫上你去给他们做缓冲垫，撒撒娇、缓和缓和气氛。那些饭局，还有什么音乐派对，都是这副德性！”

逸子激愤地跟美纪诉说被视为陪酒女的经历后，换上严肃的表情回归正题：“我跟华子是交往多年的朋友，不得不站在华子这一边，就这一点来说，我的立场或许并不客观，不过，我也不想一味地把你当作敌人，去责怪你。事实摆在面前，华子才是后来插足的那一方。而且，不管从哪个角度说，要怪只能怪青木幸一郎，谁让他在这种事情上道德感欠费欠得厉害！”

美纪不由喷笑出来，将那句“道德感欠费欠得厉害”复述了一遍，重重点了点头：“说得对！”

逸子见她表示赞同，信心渐涨，继续道：“不就是这样吗?！他明明跟华子订了婚，可还带你去参加派对，做些让人误会的事，他才是造成这一切的罪魁祸首！而且看这样子，他一点都没有好好清算的意思。关于华子的事，对你什么都不说，理所当然地脚踩两条船，这真是人做的事吗?！”

午后夺目的阳光已趋柔缓，先前窗外隐隐可见的富士山不知何时躲入了虚渺迷蒙的云雾后方，就似轮番登场一般，前方高楼大厦里亮起一片明晃晃的荧光灯。临窗而坐的客人急欲将眼前的景色定格进照片，四周响起一阵手机的快门声。可与周围欢快的气氛不同，逸子的神情越发严肃，道："不瞒你说，华子相亲的时候特别着急。她本来打算嫁的人跟她分手了，之后好像有点迷失自我，焦虑得不行，不管什么样的人都见。就性格来说，她其实不那么爱跟人打交道。而且相亲这种事精神负担又很重，华子自己都不知道自己在做什么。当然，她焦虑的心情我也能懂。我过了二十五岁后也很担心将来会怎样，觉得以后的事什么都看不清，心里特别害怕。"

"是那样的。就好像一下子被拉回到了十几岁的时候。"美纪附和道。

"没错没错。不过想想，其实谁都一样。女人只要过了特定的年纪，忽然就会觉得一个人心里没底，觉得还没结婚似乎是件特别悲惨的事。父母也好，身边的人也好，动不动就问你，什么时候结婚什么时候结婚。这本来就够烦了，可更烦的是自己才是想得最多的，一天到晚思前想后，担心来担心去。”

美纪连连点头，深表赞同，听得特别专注。

逸子进一步道出了心里话：“我二十五岁之前想的都是自己，只为自己活，父母也跟我说，做你喜欢的事就好。我其实一点都不觉得这辈子一定要结一次婚，或者只有结了婚才能幸福。可就算这样，到了结婚的年纪却没有结婚的迹象，我也为此吃过不少苦头。我这样的尚且如此，华子会着急也在所难免。所以，当华子终于碰到青木这样一个人，连我都为她高兴！华子特别乖巧，我觉得青木真的很适合她。不过，其实我也一直有点介意，觉得他们发展太快，快得吓人。凭良心讲，他们这样的，不就跟演艺圈里结了又离的差不多吗！我虽然嘴上在恭喜华子，可心底还是慌得很，总感觉是不是不太妙？当然，我自己也知道，这种事轮不到我插嘴。但我还是觉得，匆忙闪婚，到最后不可能有好结局。”

逸子越说越激动，嘴唇因为用力而越发突起，她继续道：“当然了，华子找到一个好对象，我是很为她开心的。看到朋友有了能结婚的人，我从心底想要祝福她。不过华子，不只是着急，她多多少少还有点为了逃避现实而结婚的味道……她本人可能不愿承认，这些话我也不太能对她直说，不过她这次订下的这门亲事，我觉得真有点悬，属于特别危险的那种。”

听到此处，美纪说了声“我插一句”，摆出年长几岁的表情插话道：“你担心你朋友的心情我很理解，不过一旦你对她的婚事指手画脚，你们之间的友谊可会出问题的。”

面对美纪的忠告，逸子以一句“我知道”挡了回去，她还说：“我还知道，华子只要一结婚，我这个朋友的优先度就会被贬到很后面，我们之间的关系肯定会越来越远。大家都是这样，以前这样，以后也还这样……所以我才觉得，反正结果都一样，那么对朋友的事，倒不如趁着能说的时候多说两句。你想想，一旦她结了婚，那我肯定就说不上话了。我真心希望华子结婚的时候，不会有一点点的芥蒂和疑虑，她本人没有，我这个局外人也没有。这种心情，你能理解吗……？”

“我懂。你说的，我都懂。”

逸子的一席话，打动了美纪的心。诚如她所言，因为结婚而疏远的朋友，不计其数。

“你能懂就好，你能懂我很开心。”逸子顿时松了口气，继续道，“有些女人只要一牵涉到男人，就会变得不可理喻无法沟通，如果你是那样的人，我自然也不会说这些。相反，我还会觉得‘三角关系好恐怖’，有多远躲多远。但我看到你的时候，感觉说了你应该会懂。这种东西，面对面，看着眼睛聊上两句，十有八九能感觉出来。一个女人，跟同性开诚布公地交流过，或没交流过，差别一目了然。我一直在女校念书，大概也算是女校生特有的同性感应。第一次见面，只要看看对方的眼睛，我就能知道这个女人是不是把别的女人都当作敌人。我见到你的时候，觉得这个人应该能说通。就是那种褒义的，不像女人的女人……我相信你应该能懂得女人对女人的道义。坦白讲，这种人还真不多。”

“女人对女人的道义？”面对这一串陌生的词汇组合，美纪露出不解的神情。

逸子此刻已彻底将美纪视为自己人，似乎迫不及待想说这个话题，探出身子解释起来：“就是近松门左卫门的净瑠璃戏本子里出现的说法。剧场里也演过，剧名叫《天网岛殉情》，挺有名的，你看过吗？”

美纪连连摇头，耸耸肩说“没听过”，而后急着追问：“讲的什么？”

逸子吸了口气，继续道：“说的是从前有个轻浮浪荡的男人，家有妻室，却跟青楼妓女好上了，打算跟妓女殉情。两个人的爱不为世间所容，所以就想一同赴死，希望来世可以在一起。在他们眼里，殉情是最酷的爱情美学。但有一天，那个妓女却对别的客人说，她虽然答应殉情，可其实并不想死，所以希望那个男人放过她。这一幕，刚好被那男人看见。其实这一切都是妓女自导自演的一场戏，目的就是为了让男人忘记她。原来男人的妻子给妓女写了封信，说丈夫死了她也活不下去，希望妓女离开她的丈夫。妓女被这封信打动，所以才故意撒谎，说自己对那个男人不是真心的。”

“嗯？也就是说，这个妓女其实真心爱那个男人，准备好要跟他殉情，但因为收到了男人老婆的一封信，觉得应该要信守道义不能对不住他老婆，所以就撒了谎？这两个女人应该都在抢一个男人吧？”

逸子用力点了点头，回答说：“就是这样，妓女顾及男人妻子的心情，痛下决心要和男人分手。”

“这女人，可真够伟大的。”

“故事还没完，那之后男人的妻子担心起来，觉得妓女说不定会一个人自杀，所以决定出手相救，这一次她为了那个妓女去求她丈夫，也就是那个惹出这些事情来的男人。”

“啊?!”情节如此跌宕起伏，美纪似乎有些跟不上。

“男人的妻子觉得，妓女看了她的信，理解了她的处境，可却陷入了进退两难的境地，如果对这些视而不见，那也不符合女人对女人的道义。所以男人的妻子卖了自己和孩子的和服，筹钱帮妓女赎身。她把这笔钱交到丈夫手里，央求丈夫去搭救妓女。你不觉得这故事很厉害吗？我在德国读大学的时候听到这个故事，觉得日本真是好酷，打从心底深受感动。”

逸子手舞足蹈，比画着讲完了故事梗概，脸上感慨万千。

“不过……”美纪提了个问题，似在给她泼冷水，“剧名里有殉情两个字，最后应该还是死了吧？”

“你猜得没错。不过，男人和妓女死的时候也一样信守道义，没有让男人的妻子难堪，两个人很小心，故意没有一起死，这也跟其他殉情的戏不太一样。从古到今，不管东方还是西方，经典的爱情故事都特别激烈、寻死觅活的，我以前就看不惯这些，坦白说还有点讨厌。在那些故事里，爱得越深，到最后就越是注定要死。特别是古代的那些，基本都属于：只要死了，就能打动人。把死弄得那么崇高，作为故事的结局，这未免太偷懒了吧！所以我以前一看到，就觉得这都什么鬼，超级无聊超级阴暗，讨厌不讨厌！”

美纪听得笑起来。

“更何况，在现实世界里，根本就不可能有那么理想的爱情。我和你也算刚认识，这些话本来不应该对你说，其实我父亲就是个处处留情的男人……说得直白一点就是好色，在外面女人一个又一个，连孩子都生出来了，和我母亲三天两头吵个不停，场面可难看了，弄得我对这种事都有了过敏反应。真是想想都恶心，伤害的都是身边的人。我母亲对我父亲早就没了感情，但碍于面子，说什么绝对不会离婚。也就因为这样，我这人本来对婚姻就不抱什么期望，就算要结婚，也一定会特别特别谨慎。虽然有时候也会焦虑，不过我觉得就算三十岁，或者更晚，四十岁五十岁再结婚，也没什么不好。最重要的还是，在经济上和精神上，我都不想依靠男人。因为一旦依靠了，就像被对方抓住了把柄，我绝对不要变成那样。站在我的角度看，华子对结婚完全没有戒心，这其实很危险。”

“所以你才安排了今天这场会面？”

“是。”逸子目光炯然，正视着美纪点了点头。

美纪环视了一圈此刻坐在酒店大堂里的客人——多数都是有闲有钱、雍容华贵的妇人——说：“女人对女人的道义……你想说的我都明白。能守住这份道义，我也觉得很酷很伟大。不过我认为，真要做起来其实很难。”

听闻此言，逸子的眉头抽搐了一下。

美纪继续道：“这个社会，不允许女人和女人关系太好。”

“……什么意思？”逸子不解地问，目光中流露出遭人拒斥后受伤的神色。

美纪抿一口咖啡，如洪水决堤般倾吐道：“我现在的公司主要做时尚类应用软件，办公室里乍一看都是女人。但其实，女员工多数都是合同工，正式工里女人很少。公司就靠这办法节省人员经费。我们这些女员工虽然人数占优，但从签合同开始，就已经被区分开了。男员工签的都是终身合同，我也觉得不公平，可现实就是这样。大事要事都是总经理和少数几个男董事决定。我这么说可能不太好听，但对公司来讲，女人不过就是比男人用起来更廉价的‘棋子’。当然，这也没办法。总经理本来就是那种野心勃勃的人，公司是他一手创办的，他要按他的想法搞，别人也说不了什么，但很多时候真是咽不下这口气……”

逸子一言不发，听得格外认真。

“公司主页上还写了超大一行字，说什么‘力争为女性创造良好的工作环境’，好几年前，电视台看到了，跑来我们这儿采访，做了期节目宣传女人也可以在工作中实现自我，可真实情况完全不是那么回事儿，大家都失望透了。说到底，就算是这种新兴企业，对女员工的要求其实跟昭和时代的女白领没两样，就希望女人天天打扮得漂漂亮亮，温柔可爱面带笑容，需要的时候缓和一下气氛，柔声细语地接接电话，还有就是主动承包公司里的各种杂务。事实上，我们总经理就把女员工统统叫成‘女孩子’。人还没到五十，彻头彻尾就是一副中年大叔的德性。我也不太清楚别的公司怎么样，不过女同事里有跳槽过来的人，听她吐槽上一家公司，那可真是吓死人。就比如，她跟上司抱怨，说新来的女孩不好带，结果她上司很认真地问她，该不是在嫉妒人家年轻漂亮吧？她根本没想到上司会这么说，不管怎么辩解，对方就是不相信。不是冷嘲热讽也不是开玩笑，这世界真就是这么看女人的。”

“Man’s world（男人的世界）……”逸子一脸失落，低声附和道。

“我们公司有时候一个团队基本都是女人，只有一个男人，但那个女同事的前一家公司正好相反。四五个人一起做项目，里面会加一个女员工，就跟《超级战队》[1]里的粉红战士差不多，作用基本就是个花瓶。那女同事说，一旦女员工想要努力工作，结果就会变成女人跟女人抢椅子。处在这样的环境里，女人

1　日本朝日电视台于1975年起开播的系列片，与《假面骑士》《奥特曼》《金属英雄》并列为日本最受欢迎的特摄电视剧。

和女人的关系怎么可能好起来？”

“……确实……”逸子强忍不快似的点了点头。

“那同事还说，如果她工作业绩特别好，男同事就会挖苦她：该不会使了美人计吧？这业绩是用美色换的吧？你说过不过分！那同事实在不服气，就去找比她先进公司的女员工反映，可没想到反被对方教育了一通，说什么她们那时候可比现在夸张多了，过去那些事放到现在都没法想象，性骚扰也远远不是现在这种程度。不同的时代，社会对待女人的态度也不一样，就因为这样，女人和女人之间都会划一条界线，把彼此区分开。”美纪心里似有一股怒火逐渐升腾而起，语气不由变强。

“而且，一旦出现矛盾起了争执，只要有女员工牵涉进来，公司就会把错归到女员工头上，逼她辞职，靠这样来维持公司内部的和睦。还是正经的大公司呢，而且这些就是没几年前的事。女员工年轻的时候还可以做做职场里的一枝花，等到年纪大了，连花都做不了了，就会拍拍肩膀叫你走人。我听了真是下巴都要掉了，这都什么年代了！在这方面，我们公司倒是相反，产假还挺长，把福利当卖点，不过这样一来，女人也一样会被区分开，结婚还是没结婚，有孩子还是没孩子。虽然我们公司不会拍拍肩膀叫你走人，但女员工都被清清楚楚地分成两类：‘年轻女孩子’和‘其他中年阿姨’。再过两三年，我大概也要被当成阿姨了。一想到这，还真想把辞职信拍桌上走人！”

逸子显然明白这种时候不应该笑，但她依然不由自主地浮起一丝浅淡的笑意。她的身体早已有了惯性，面对社会对女人的年龄歧视，唯一可行的反应便是发笑。

美纪因为她这一笑，似乎被人一刺，说：“对二十几岁的女孩子说这些，我也挺难受的，想我以前，跟你一样听了也会笑。可现在，再也笑不出来。每次在电视上，看到那些笑星拼了命地恭维年轻的女演员，而对过了三十岁的女艺人就冷嘲热讽，我心里真的会痛。一点都笑不出，拿起遥控器就换台。这些节目其实都在灌输一种观念，一种特别残酷的观念，告诉大家嘲笑阿姨天经地义，告诉大家没结婚的女人都是结不了婚的剩女，所以活该被嘲笑。就因为这样，你听到我这些话，才会不自觉地笑出来。”

逸子明确感到自己的脸烧得通红。她觉得无地自容，低垂下头，美纪却并不罢手，继续道：“这世界上，有很多观念都在把女人分成不同的类别，而且这些观念实在太普遍，在生活里司空见惯。最要命的是，比起男人，女人自己更加觉得理所当然。就比如‘女人的敌人永远是女人’之类的说法，女人们都会带着一脸深有感触的表情说出来。年轻的女孩子和中年阿姨，自然而然就被分成两派。家庭主妇和职业女性，总被塑造成对立的两方。还没生孩子，就会有人提醒你‘妈妈圈子可恐怖了’。媳妇跟婆婆，绝对不可能处得融洽。但事实上，凡事必然会有例外。男人们想都不想，就会对女人进行分类。顺便插一句，在幸一郎那里，我和跟他订婚的那女孩，就已经被分成了截然不同的两类。说不定，男人本来就不希望女人和女人走得太近。毕竟，如果女人和女人亲近了，自然就不愿搭理男人。从他们的角度来说，不就被冷落了吗？”

逸子良久沉默不语。美纪见状，再度开口：“我刚刚说的才是世界的主流，所谓女人对女人的道义，听上去真就像童话一样。不过……”

“不过？”逸子抬起头。

“你说你觉得，我不是那种只要一牵涉到男人就会变得不可理喻无法沟通的女人，我还真挺开心的。”

似乎因美纪这句话得到了救赎，逸子举起手中的咖啡杯，美纪一时不知所措，不过也顺势举起杯子，当的一声，两杯相碰。

“我们这算什么呢！”逸子笑着与美纪用咖啡小小地干了一下杯。

3

随着青木幸一郎的未婚妻现身的时刻步步临近，时冈美纪开始显得略有些沉不住气，不住地窥看大堂入口。此刻日光已显黯淡，绚丽的照明愈加耀眼，将大堂烘托得分外奢华。

“是个什么样的女生？”美纪问。

“是个很有教养、同时也娇生惯养的富家小姐。”相乐没有片刻迟疑，当即给对方打上了刻板而笼统的标签。

“是不是那边那个？”美纪的目光当即锁定一个女生。

她穿一件带金扣的海军蓝大衣，中长发，妆容素雅，即便相距很远也能看出容貌姣好。对这种高级外资酒店气势迫人的奢豪，女生全无半分不适应，不过神色中又似带着几分紧张，正环视着大堂像在找人。

“就是她。”相乐说着，“这边、这边”地直招手。

榛原华子朝她们桌走来，她年轻得就像刚出校门，感觉不出半分争强好胜的气息；看着她和风细雨般柔美的脸庞，美纪的心坠入了深渊：幸一郎想要的结婚对象原来是这样的。与其说毫无相似之处，不如说两人截然相反。

“初次见面。”华子先对时冈美纪躬了躬身。

“初次见面，我姓时冈。”美纪不知该摆出何种表情，脸部略显僵硬。

华子脱去大衣，里面一件灰色圆领开襟毛衣，配一条珍珠项链。她从侍应生手中接过菜单时点头致谢的那份从容；点单时那令人愉悦的轻声细语；毫不犹豫略过咖啡选择红茶，对自身喜好的那种确信无疑；还有将漆皮包轻轻放在座椅靠背前时那份习以为常的教养——华子举手投足间的每一个动作逐一跃入美纪的眼帘，次次都令她心头一颤，挫败感紧随其后袭来。

看着华子，美纪不由自主想起了庆应的那些富家女。家教严苛，见多识广，也正因为这样，言谈举止落落大方。她们有着光润明丽的脸庞与天真无邪的眼睛，似乎从来不曾遭遇任何辛酸与苦难。那份完美无瑕的感觉，印证了她们所生活的世界非但无须去排挤或陷害他人，连这些心思都全无必要。

华子给人的第一印象，与美纪和内部生相处得来的为数不多的数据分毫不差。虽然他们绝无可能将你正式接纳进他们的圈子，但与之交谈，每个人都温文尔雅，丝毫不会让人生厌。不过这一点对美纪而言，反倒愈加让她感受到隔断在他们的世界与自己世界之间的那堵无形的高墙，感受到它压倒一切的厚重与高大，这总不免令她单方面地感到些微的伤痛。即便是与青木幸一郎在一起，美纪也常常会有这样的感觉。

策划人兼裁判相乐，就已知会双方的现状简单概括道："这是青木幸一郎的未婚妻榛原华子。这位是时冈美纪，就是元旦派对那天，和青木幸一郎一起来的人。"

与美纪面对面，华子显然颇为紧张。"你好，第一次见。"她打了个招呼，语声微颤，似乎不敢直视美纪的眼睛。

"你好。"美纪微微欠了欠身。

美纪与相乐已有过一场深谈，在二人之间坦诚相见的气氛里，华子的出现似有些突兀。红茶端上桌后，许是想缓和这尴尬的沉默，华子小啜了一口。

"顺利吗？没有迷路吧？"相乐漫不经心地问。

“没有，以前来过的。”华子答。

“是吗？原来你来过啊。华子家离这里还挺远吧。我还以为你们家都不会过来。”

相乐此言一出，华子吞吞吐吐，半天才憋出一句：“相亲的时候来过一次……”声音极小，却让场面微微一僵。

华子似乎有些如坐针毡，许是想不出别的事可做，她在包里掏摸半晌，取出一只信封，道了句“我母亲给的”，也不说是什么便递给相乐。

“嗯？什么东西？”

“三井家《女儿节人偶[1]展》的门票。别人送的，母亲说既然都去了日本桥了就顺路看一看吧。还说给你也带一张。”

“哦。”相乐兴味索然地应了一声道，“我就不用了。以前看过一次。摆出来的东西不都大同小异

---

1 每年3月3日为日本女儿节，育有女孩的家庭会在这天摆出人偶、白酒、年糕、桃花等，祈求女孩健康成长。女儿节人偶均为日本古代的皇室装束，最简单的套装仅为一男一女，豪华的则有上下七层。

吗？”拒绝得坦然而果断，不过言辞间并无半点令人不悦的地方。

“以前也办过？”美纪问。相乐和华子双双挂着一副这还用问的表情，点了点头。

“每年开春前，三井家族都会把收藏的女儿节人偶拿出来，在三井纪念美术馆办展览。就是隔壁那栋三井主楼，从这里的一楼可以穿过去。”相乐说。

“哦哦，就是那栋长得跟神殿差不多的楼？”

“没错没错。去年我母亲叫我陪她去看过，我对这些东西没什么兴趣。还有那个池田重子的《日本时尚展》，我母亲对这些还真是特别喜欢，总拉着我陪她去。”

相乐手伸向已经变冷的咖啡，叫住路过的侍应生，问了句“能点新的吗”，接过了菜单。

美纪听着二人的对话，感受到一种在长年玩转东京的女人之间所共有的独特文化，觉得分外新鲜。她们聊跟随母亲去美术馆，聊每年例行的展览，像聊大学必修课那般。美纪夹在两个东京女孩中间，一边忍受着疏离在外的煎熬，一边小心翼翼掩藏自己的神色，以免被对方察觉。大家习以为常挂在嘴边的东西，自己必须努一把力，紧紧跟上；需要小心探查这是不是此处的规矩，是不是惯常的礼仪，然后挂着不动声色的笑容，给出并无实感的附和，惊叹之，模仿之。刚来东京那会儿，她常做这样的事。

“女儿节人偶啊，我们家也帮我摆过，不过小学一毕业就不摆了。”美纪说来颇为“正常”，但在另两人眼中似乎并不正常。

相乐惊讶道：“真的吗？我们家，现在还会摆呢！我母亲特别喜欢这些。不过搭好几层的台座实在太费事，所以现在就很随便地放在立式钢琴上。我这儿有照片，你看。”

相乐翻出的手机相片里，一对男女人偶端坐在盖着绒毯的钢琴顶部的底座上，外形轮廓圆润得犹如年糕，颇为福相，眼睛则用毛笔细细长长地拉出一道。

“这面相跟普通的不太一样呢。”美纪评论说。

“是我刚出生的时候，家里人特意给我做的，应该是奶奶大人的审美趣味收不住了。”相乐答得一脸尴尬。

奶奶大人……？

这叫法，该不该吐槽？还是听过就算？美纪窥探着二人的反应，看样子在这圈子里颇为“正常”。

照片上，女人偶与男人偶身旁亮着立式小花灯，点缀一侧的并非惯常的假花装饰，而是几朵鲜花。美纪用两根手指放大照片，只见一只小巧的陶器花瓶里插着几枝桃花和油菜花，形态修整得颇为雅致。

“这花也是特意弄的？真厉害！你们家搞得好正式。”

“我母亲学过插花，就喜欢摆弄这些。反正每星期都会有花店送花过来。”

美纪第一次听说居然有花店每周往私人家中送花，不过她故意按捺住惊讶，只回了一句“这样啊”。

美纪冲着被冷落一旁的华子说了声“给”，将手机传给了她。

“华子家也会摆吧？”相乐问，华子点了下头。

“没照片吗？华子家的肯定更漂亮。”

华子取过包包放在膝头，掀开名牌手机壳的翻盖，用食指滑动片刻后递给相乐。照片上，一间榻榻米房里竟并列排放着三大座上下七层的女儿节人偶，蔚为壮观。

“哇，这么惊人！”相乐脖子朝后一挺，显得大感震惊。

“什么什么？”美纪也拿过相片看了一眼，情不自禁漏出一声“哇噢……”。

“因为我们家，是姐妹三个。”华子支支吾吾地解释道，“外祖母说合用一套太可怜，所以每个女孩子出生的时候，她都给做了一套，就变成这样了……”

“但是你姐姐，不是已经结婚了吗？”相乐问。

“嗯。大姐结婚了，也有孩子，二姐结了又离了，还是单身。”

“这女儿节人偶，嫁了人之后，父母家还需要摆吗？”美纪问。

“反正我母亲年年都会把这些全都摆出来。”

“居然不嫌麻烦……”美纪颇为感慨地自言自语道。在她父母家，各式各样的习俗都被省之又省，理由便是“太麻烦”。除去丧葬嫁娶，如今几乎已不再有可称之为文化的文化。

“她好像挺喜欢摆弄这些。”华子道。

“难道说，你们两个人家里还会庆祝女儿节？”美纪出于好奇抛出了这个问题。

“也说不上庆祝，就是做做什锦寿司饭。大概在这样大小的木桶里。”相乐说着双手抱环，比画寿司桶的尺寸。华子补充道：“我们家也是，姐姐回来就做什锦寿司，没那么多人的时候，一般做寿司卷。有时候，也会叫手工捏的寿司外卖。”

美纪可以预见二人听后必定会大吃一惊，但还是决意一说：“我们家除了元旦和盂兰盆节，别的节日基本都无视。”

“连圣诞节都不过?!”华子着实吃惊不小，不由加重了语气。

“嗯。最多也就给我买个礼物，从来没弄过什么圣诞树，一次都没有。”

“居然不装饰圣诞树……”华子叹道。

美纪点点头，相乐补问了一句：“那也不做弥撒？”

“什么弥撒？哦，你是说教堂里搞的那种？不做不做，我连教堂都没去过。”

华子似乎颇为震惊，连声道：“不敢相信……”

“这反应……至于吗？”美纪见华子如此惊讶，反倒也惊讶起来。

“你别介意。我们小学初中高中都是读《圣经》长大的，基督教那套早就渗到骨子里了。”

“读《圣经》长大……好奇怪哦。”美纪直率地感慨道，华子不由连连摇头，追问相乐：“很正常吧？”

相乐“嗯”了一声，点点头，但又冷静地补充道：“不过，每个人对‘正常’的感觉都不一样啦。”

宗教、教育、文化，还有对金钱的观念，对所有这一切，毋庸置疑她们都活在属于各自的“正常”里。先前随幸一郎去他家别墅时，美纪曾深深惊叹于那份超乎凡常的奢华。她记得当时幸一郎就曾脱口而出“很正常啊”，表情如孩子般毫不造作。而此刻从面前这位华子身上，美纪可以闻出同样的味道。这些有钱人的天真与迟钝，怎就叫人恨不起来呢?!

美纪偷瞄着华子连杯托一起端起茶杯不发一丝声响地喝着红茶，心里想着：幸一郎从一开始就已决定，要娶一个和他同处一个世界、同在一个圈子、同属一个阶层的、像华子这样的女孩，所以如自己这样的女人，无论后天具备何种魅力，无论何等努力地扮演一个好女人，他都不会选择和她共度一生。此时此刻，美纪从华子身上痛心切骨地领悟到了这一点。

倘若美纪真是相乐所说的“只要一牵涉到男人就会变得不可理喻无法沟通的女人”，那么她很可能会咬牙切齿，无可救药地羡慕、嫉恨华子，嫉妒到发狂、迷失自我，被自怨自艾的情绪彻底支配。

但美纪是个聪明人。她不会让自己沦为故事里那些自取灭亡的女人的翻版。她懂得如何驯服可能将人囚禁于黑暗深渊的情感，控制它们，并抽身而退。也正因为如此，在身处这场奇异会面的同时，她心底的某个角落正冷静地盘算着：或许，借这个机会将她与幸一郎之间拖泥带水的关系做个了断，也未尝不是好事。

这段没有任何产出、也看不到任何终点的男女关系。虽然二人熟知对方脾性，在一起舒心惬意，但美纪很早便意识到，这样的关系毫无疑问是在作践她自己，最终对她不利。数年前开始，她便一直在告诫自己必须斩断孽缘。可想归想，每次收到幸一郎的邀约，她便不由自主兴高采烈，欣然赴约。

最重要的是，美纪一次次瞥着华子，终于领悟到自己与幸一郎牵扯得如此之久的理由，领悟到她自己这般执着于这段关系的原因。

或许，自己与幸一郎交往，不过是为了间接体验华子那样的人生。做一回出生在东京最核心、最富裕的家庭，被家人视为掌上明珠悉心养育的富家小姐。就如十八岁的美纪在日吉校区教学楼内院曾看到的那些闪亮耀眼的内部生，她渴望过一过她们的生活。虽然她明知这个想法、这份执念终究不可能实现，却依然舍不下与幸一郎的关系，原因必定在此。她迷恋的，是幸一郎所处的阶层。但到了如今这个年岁，也该放手了，该让自己从大学时代的自卑中解脱出来了。

美纪逐渐下定了决心：借这个机会，快刀斩乱麻彻底断绝与幸一郎的来往。这果断而明智的决断，为的不是别人，而是自己。

“榛原小姐……”

华子闻言抬起头，注视着美纪的眼睛。若对方说些不堪入耳的话，那该如何反应？若她眼中喷射出对自己的埋怨与责难，又该如何是好？华子战战兢兢，等待着美纪继续开口。

“榛原小姐，你和幸一郎已经订婚了是吧？”

“嗯，是的……对不起。”

“你道什么歉啊?!”相乐故意大笑一声，希望缓和气氛。

美纪也随之展颜道：“祝贺你。”

华子无从判断对方是否出自真心，但不管怎么说，她道出了这句话，对华子与幸一郎的婚事致以祝贺。

接着，美纪向二人宣布将与幸一郎彻底断绝关系。她没有说她与幸一郎只是普通朋友，没有找任何显而易见的借口，也没有多说半句华子无须知道的话；只是面无表情地从包里取出手机，动手删除 LINE 账号。

“现在就删？没关系吗？最后见一面说清楚，等双方达成一致了也不迟啊。”

相乐试图劝阻，美纪却道：“刚听你说了那么酷的故事，我怎么好意思磨磨蹭蹭嘛！”说着对相乐默契地一笑。

“……那么酷的故事？”华子不解。

“嗯，就是她刚才给我讲的。叫……什么殉情来着？”

“《天网岛殉情》。”相乐接道，对满面狐疑的华子递了个眼色说，“一会儿跟你讲。”

4

八月中旬的一个周日，青木幸一郎与榛原华子在东京大仓酒店主楼一楼的平安厅，举行婚礼并办了酒宴。

出身名震财界的仓库经营世家、自身专攻企业法务的律师青木幸一郎，与家中世代在松涛经营骨科医院、毕业于名牌私立女校的榛原华子，这样的组合在旁人眼里惊人地司空见惯，说得直白些，甚至显得有些平庸。双方家世无可挑剔，本人背景也完美无缺，郎才女貌门当户对，可谓天作之合。同一阶层喜结连理，阶层内的联系越发稳固，这样的婚姻在这个圈子一次次上演，早已延续数代人，这天迎来的这场不过是其中稀松平常的一次。

迎着耀目的灯光，和着以古典乐为主的背景音乐，曾在某知名电视台任主持的男司仪情真意切、声情并茂，仪式举行得盛大而隆重。青木家任众议员的伯父邀请了一众宾客，可谓高朋满座，主宾里还来了位部长级的政治家。此人致辞时谈笑自如、出口成章，结尾不忘拔高境界：“像幸一郎这般出色的青年才俊，不正是肩负国家未来之栋梁吗！华子小姐，还请与之建立一个温馨和睦的家庭，好好辅助夫君，让幸一郎、也让日本这个国家百尺竿头更进一步！”政治家打着官腔致完祝酒词，领众人举杯。为配合男方主宾的规格，榛原家也倚仗宗郎大学时的人脉，邀来一位歌舞伎名角。虽然政治家与名角致辞结束后便悄无声息地没了踪影，但两人的发言妙语连珠，只能说是专业水准，轻轻松松便完成了自身使命。即便与新郎新娘全然不曾相识，他们也一样将气氛渲染得热烈欢快，令众宾客情绪高昂。

新郎新娘端坐于新人席，被明晃晃的灯光照得分外抢眼。宾客三百，摆了约三十桌，正面几桌皆被主宾占满。新娘友人的席位离主桌相距甚远，桌上甚至配了望远镜。相乐半开玩笑地拿起远眺，看到身披婚纱的华子，担心地自言自语："哎呀，华子表情好僵硬……"接着又把镜筒转向亲属席，欢快地叫起来，"看到青木玲子了！好漂亮！"此人便是青木幸一郎的姐姐，现居伦敦。

相乐穿一件纹样古雅的京都友禅长袖和服，一头黑发娇俏地绾在脑后。

而她身边坐的，则是时冈美纪。

美纪宣布与幸一郎彻底分手，当着华子与相乐的面删去了他的LINE，可另一边，被美纪断绝关系的幸一郎，反倒纠缠不休不愿放手。美纪的干脆利落竟让情势变得事与愿违。

幸一郎先是打电话逼问美纪分手的理由，遭拉黑之后，竟又用脸书聊天软件发来一长篇怒气冲冲的责问。幸一郎央求美纪："不管什么事，先见一面再说。"那种毫无品格可言的行事风格，与迄今为止挂着一脸满不在乎的表情居高临下、时时刻刻镇定自若的他简直判若两人。那死缠烂打的劲头令美纪大吃一惊，一筹莫展。不过，这倒也拯救了美纪，浇灭了她心底曾有些微复燃的眷恋，令她爽爽利利地彻底断了念。两人间的关系似乎发生了逆转，感觉倒也不坏，不过留下的余味实在令人不悦。美纪自然不可能将与华子会面的事告知幸一郎，一旦亮牌恐怕只会引发无谓的风波。所以她决定屏息静气，等待余波自然平息。

美纪将此事说给来东京玩的平田听，对方爽朗地一笑，大喝一声：“美美你搞什么嘛！”美纪忽就觉得心里一松。

“话说男人也真够厉害的，从头到脚整个就是一大团‘占有欲’！不过从对方的角度想，一直拿在手里的东西说没就没了，那肯定也很受打击不是？何况他又不知道背地里发生了什么。”

“可他以前，明明表现得好像有我没我都一样……”

“真是早知如此何必当初，一开始就认认真真谈恋爱，好好对你不挺好……”

未婚这一共同点将二人重新联系在一起，美纪与平田的友谊复活得极为彻底。平田开始着手实现创业的梦想，时不时趁着休假跑来东京，忙着借客户的人脉为将来铺路搭桥。

“不过，也亏你狠得下心断了关系。像这种事，断不了的怎么也断不了。美美，你可真厉害！”平田坦言自己也曾与人有过婚外情，对美纪的决断大加赞赏。

“不瞒你说，其实我还挺担心万一自己藕断丝连怎么办，可没想到对方居然像饿虎一样。托他的福，我还真是彻底没感觉了。”

“哈哈，碰到这样的肯定没感觉。”

“是呀是呀。就希望他也能早点醒过来。”

“那你恐怕得把发生的事儿全都告诉他才成。跟他说，你的未婚妻知道了我们俩的事儿，来逼我跟你分手……”

“不成不成，我要是说了，华子可就变成坏人了……”

“原来叫‘华子’啊。命真好，富家小姐，所有人都把她当成宝。可我觉得美美你根本没道义去护着这个女人。”平田说。

“道义”二字直接戳中了美纪的耳朵，她答道：“当然有，这就是女人对女人的道义。”说着露出一脸意味深长的笑容。

接着，二人你一言我一语，讨论如何才能让幸一郎彻底死心，最终想出一招：以新娘朋友的身份，若无其事地出席婚礼。

“我要是男人，绝对彻底偃旗息鼓。”平田力主最佳途径仅此一条。

“说的也是，那样的场合肯定不可能胡来，从让他死心的角度说，确实是最好的办法。”

就这样，美纪与华子联系，询问如果方便，能否让她出席婚宴，当然，是作为新娘的宾客。不过，美纪并未告知幸一郎对她纠缠不清的事。她希望如此一来，便可以在幸一郎与华子二人面前公然宣示此后不会再私下会面，可谓一石二鸟。就美纪而言，她也已受够了这种偷偷摸摸、见不得光的关系。

面对这一请求，不知如何答复的华子，自然而然找到相乐商量。而相乐私底下悄悄联系了美纪打探缘由，并从后者口中得知了幸一郎背叛华子的所作所为。被美纪再三叮嘱千万不可多言的相乐，若无其事地回复华子，颇为轻快地建议说：“叫她来呗！就让她坐我旁边好了！”至此，才有了婚礼这天的席位安排。

婚宴当日，作为新娘友人正式获邀出席的美纪，穿一身纯黑缎面连衣裙，颈部缀一串多排棉花珍珠项链。美纪也取过望远镜，交互观察着身穿纯白婚纱、一言不发双目低垂的华子，和她身旁永远带着悠然自得的浅笑的幸一郎，略带同情地喃喃道：“还真是，看上去好紧张。不过这肯定会紧张啊。这么大一个宴会厅，面前坐的又都是些看上去很了不起的老头子。那几桌简直就是扶轮社[1]的慈善聚会。”紧接着，美纪便将望远镜对准了宴会厅的水晶吊灯及四周墙面。

这是美纪第一次踏入大仓酒店。考虑到这栋楼再过半月便要拆毁，恐怕也是最后一次。酒店地毯织得特别细密，踩在上面无比绵软，就连早已穿惯高跟鞋的美纪都觉得走起路来难以驾驭。

在虎门站下了电车，跋涉到主楼入口时，美纪不由从心底漏出一声惊叹，好奇地打量起酒店内的各种布置。无论外观还是内饰，各处都融合着日本之美，精细到令人感叹心思之巧绝，但同时又不会给人以刻

1 全球性慈善组织，会员皆有一定名望，非富即贵。

意的感觉。不是将日式审美作为卖点堂而皇之地拿出来示人，而是竭力保持低调含蓄，就连空气都格外清新。与那些外资高档酒店相比，规模确实略小，但洋溢的氛围却引人遐思：想必古往今来在此会面的应该都是些风流名士。

开宴前，美纪与邻座女子互致问候，对方说在青山经营一家美甲沙龙，递过名片的同时还给了一张店铺卡。女子笑道："我叫西田耀子。榛原小姐今天的美甲就是我做的，只可惜从这里一点都看不到呢。"

美纪刚注意到桌上备有望远镜时，心里不禁小小地吐了个槽：以为开演唱会呢！但平心而论，若没有这个，确实连主角脸上是何表情都无从知晓。各种致辞结束后，进入切蛋糕环节。司仪催促说："拍照的机会来了！"相乐拿起手机离席而去，美纪低调地道了声"我还是算了"，留在席位上。司仪与音乐全都热烈得不能再热烈，随着一声"请新人切开幸福的蛋糕！"，无数闪光灯星星点点争相亮起。之后便是新郎新娘互喂对方吃蛋糕的"第一口"仪式。

“新郎喂新娘，承诺一生一世让你衣食无忧；新娘喂新郎，承诺此生此世为你烹制美食。好，下面请在座的各位也一同分享这份幸福。我们一起张大口，‘啊——’！”

美纪一边强忍呵欠听着司仪矫揉造作的套话，一边疏疏落落拍了几下手。

蜂拥到新人席前定格下切蛋糕瞬间的宾客三三两两回到座位后，总算进入就餐时间。美纪啜一口香槟润了润嗓子，开始享用前菜拼盘。她尝了一小块水晶鹅肝冻，将盛在小杯中的奶油土豆冷汤一饮而尽，又塞了一口满满地点缀着鱼子酱与飞鱼籽的生拌真鲷碎，不由沉醉地闭上眼，在相乐耳畔低语说：“我还是第一次知道原来婚宴上的菜也会有好吃的。”

“哈哈！你之前吃的都什么东西？！”相乐笑得前仰后合。她每年这段时间基本在德国，这次为参加华子的婚礼而专程赶回了日本。

美纪一边用刀叉切割盘中的煎菲力牛排，一边颇有感触地说：“我也没办法嘛，又没参加过档次这么高的婚礼。刚才政治家讲话，那张嘴也太能说了，我都听傻了。看来做那种工作，果然还是要能说会道。”

“我倒也参加过几次规模挺大的婚礼，不过像这种有贴身保镖的大人物出席的，我也是第一次。居然能叫得动部长级别的官员，这青木幸一郎家，来头也真不小。”相乐答。

“嗯，我也知道他是个公子哥，但不知道到底是什么级别的公子哥。以前问他，都只说什么‘还好、一般’。”

“他可能也不是要瞒你。有钱人都跟有钱人混一起，所以他们真心觉得自己也就一般，挺正常的。这些人，没有参照物给他们做对比。”

“所以说他们那些人的感觉偏离了正常轨道，或者说人都傻了。”

“你这‘傻’字说得过分了吧！其实也就是，大家都养得太好了而已。”

美纪环顾四周，颇为感慨地说：“我都不知道呢，原来青木家竟这么有地位啊。”

“你说这话，难道有点后悔了？”相乐眸中带笑，故意打趣道。美纪赶紧像赶苍蝇似的连连摆手，全身心地否定说：“别乱说，怎么可能！相反相反！要我家里人坐在这种地方，我连想都不敢想！”

美纪甚至觉得：我可不想把家人叫来这种地方，更不想让他们经历这样的场面。

自己家里那几个生活在与东京遥遥相隔的地方，一辈子都未曾离开过乡村小镇的亲人，根本不可能用刀叉优雅地吃这些法国菜，更不可能与初次谋面的人淡定从容地聊什么高雅话题，身处此类财界名流与政界要人高谈阔论的地方，他们必然会拘谨到手足无措，陷入深深的自卑。美纪本以为自己多少已适应了都市的浮华，可即便如此，她依然被这场在一流酒店宴会厅举行的、盛大隆重到几乎有些滑稽的婚宴所震慑，她虽只是一众“其他新娘友人”中的一个，但从入场的那一刻起，心里那根弦便一直微微绷紧。美纪看了看四周，坐在这宴会厅里的人似乎都处于同一个世界。他们祖上数代开始在东京立足，打下一片天地，这些人便是成功人士的“后裔”。

美纪悄悄用谷歌查了一下座席表上那几位声名远播的政治家，扫了一眼维基百科的条目，不禁惊叹于这些人血浓于水的紧密关系。这个政治家和那个政治家，居然是远亲？祖上竟是幕府末期的攘夷志士！美纪兴奋地举起手机给相乐看：“你都知道吗？！”

“知道知道，大家都知道。”

在这世界的边缘出生长大的相乐，露出一副“这些不都是常识吗？”的神态。她理所当然地告诉美纪，这里坐的可都是在历史上叱咤风云的家族，高居统治阶层。美纪看着她，忽就觉得日本有的根本不是什么贫富差距，从来就只是阶层差距，千百年来丝毫未变。换言之，那些历史课本里掌控日本的大人物的子孙，如今依然聚在同一片地方，挂着当家做主的嘴脸运筹帷幄。

若不是在东京，若不是与这个世界的人有所接触，这一切只怕普通人终其一生都不可能有所察觉。美纪忽然意识到，真正把控这个世界的其实是一个如此狭小的人际圈，而像她这样的平民百姓实则被巧妙地蒙在鼓里。就比如青木幸一郎，他从不曾扬扬自得地炫耀家世，他们或许便是通过这样的方式，极其聪明地对外界隐藏着他们的秘密——唯有他们所在的世界才是日本真正的中枢。这些人实则生活在一个远离大众、极其特殊的世界里，但他们本人对此并不自知。

身在其中，窥不见全貌。因为时时刻刻都身处这个世界，他们无从知晓，也无从体察：自己所在的是一个何等闭塞的地方，所处的社交圈又是何等窄小到令人恐怖，在这圈子里的人没有任何办法可以点醒自己。

什么嘛，简直就像回到了家乡……

美纪想。

从中学时代起一成不变的人际关系，沉闷压抑。人们长年累月按部就班，形成狭窄的活动范围与固定的行为模式，每个人都像模仿父母重新产出的翻版，毫无新意。思维方式因循守旧到令人瞠目。流言蜚语遍布大街小巷。生活雷同得仿佛数十年时光都不曾流逝。一群人定居在同一片土地，形成了无可奈何的闭塞，同时也带来了安逸无忧的舒适。或许，乡村和都市不过是地理上的差异，其本质没有任何不同。

美纪禁不住又想到：自己就是一个彻头彻尾的圈外人，出生在离他们的世界遥不可及的穷乡僻壤，莫名其妙来到了东京，但却愚昧无知、一无所有。

不过，这却是何等自由。

5

华子在聚光灯的照耀下环视宾客席，直到这一刻她才有所体会，原来婚礼根本不是孩提时代满心憧憬的样子，所谓幸福的巅峰不过是个弥天大谎。名义上，她确实是这场豪华盛典的主角，可内心，空虚至极。华子嘴角上扬，娴静乖巧地俯首低眉，心里却在回放着那天在文华东方与美纪的那段对话。

“幸一郎，究竟是个什么样的人？”华子心底的不安一不留神从嘴里溜了出来，美纪惊讶地反问：“啊？”相乐也不禁吐出一声“哈？”，夸张地把手放在耳旁：“华子你说什么哪，这算什么问题嘛！”

相乐故意豪爽地一笑，可华子神情严肃，分外恳切地央求道：“请你告诉我，他究竟是个什么样的人。”

美纪挠了挠头，迟疑片刻开口道：“我其实也没什么能告诉你的。我面前的幸一郎和你面前的幸一郎，大概完全不一样。倒不是说他故意假装，其实我们每个人都会无意识地这样做。面对不同的人，表现出的自己也会有点不一样，你说是不是？所以，我觉得我认识的幸一郎可能对你没什么参考价值。只不过……”

“只不过什么？”华子催问道。

“只不过，幸一郎这个富家公子对谁都很有礼貌，没有人会讨厌他，但其实就本性来说……大概是个特别冷淡、特别薄情的人。反正我是这么觉得。”

华子听闻此言，似有切肤之感，当即用力点点头，接话道：“从第一次见面开始，幸一郎一直很有风度，脾气温和，人也很好。但因为他很忙，我们在一起的时间不多，基本没什么机会可以慢悠悠地坐下来聊一聊。而且平时跟他说话，总觉得他不太会把心里话说出来，没有那种交心的感觉。所以其实，我到现在都不太确定他到底喜不喜欢我。”

“难怪你一直心神不宁。”相乐说。

“不过，也不是只有幸一郎这样，其实很多男人都这样不是？男人这种生物，本来就不会掏心掏肺地把自己的想法说出来。”美纪评论道。

“所以说嘛，我才讨厌跟日本的男人谈恋爱。追到手之前，鞍前马后百般献殷勤，可一旦到手，就不管不顾一点都不用心。”相乐一脸无奈地批评道。

“广义来说，这就叫‘钓上钩的鱼儿没饵吃’！”美纪笑着附和。

男人一旦把女人追到手，就不管不顾不再用心。这“用心”二字，直插华子胸膛。这正是华子向过去交往的每一个恋人索求而不得的东西。这许多年郁积心底的不满，第一次被一个词匹配得严丝合缝，华子觉得多年心结终于有了答案，连视野都清晰起来。原来自己渴求的，正是这“用心”二字。

华子自小在家人的宠爱中长大，倘若没人宠没人爱，她自然伤得比别人更深。她从出生的那一刻起便沉浸在爱之中，如果这份爱要她低声下气乞讨而来，单单想一想，她便会觉得凄楚悲凉。而此刻，即将步入婚姻的华子心头越发不安起来。

“那你的意思是，比起日本男人，外国男人对女人更用心？”华子问相乐。

“就我的经验来说是这样。”相乐答。

“我没跟外国男人交往过，不过这会不会是因为外国女人比较会提要求，知道告诉对方自己想要什么？”美纪问。

“有道理！说不定还真不是男人主动用心，他们不过是在顺应女人的要求。我们这些住在国外的日本人经常会聊起来。不都说日本女人在国外很有人气，外国人排着队追吗？但我也听到过一种说法，说这其实是因为日本女人不像欧美女人那样，不会态度强硬地陈述意见或表达诉求，日本女人任劳任怨，做起家务勤勤恳恳，对丈夫又百依百顺，把这些当成女人的美德，说穿了，就是在男人眼里使唤起来最方便，所以在国外也有一定的市场。”

“这样啊，听了真够受打击的……”美纪感慨。

“反正不管怎么说，不只是青木幸一郎一个人这样，听到没，华子！”相乐啪一下拍了拍华子的肩，似乎在说：你就不要想东想西了！可华子却紧张更甚。

“不过呢，幸一郎这个人，长得英俊，又是个律师，家里也有钱，他自己也非常清楚他是一套‘特优房产’，大概觉得天底下应该没有女人不想要他那样的男人，所以可能有那么点从心底里瞧不起女人。”美纪说。

“从心底里瞧不起女人……”华子感到内心掠过些微的战栗。因为交往至今，她未曾提出过任何一个像样的要求，对方自然不可能将她放在眼里。华子一想到这些，不由在二人面前吐露出了半年来深埋心底的郁结：“我满脑子想的都是能不能结婚，所以特别害怕幸一郎万一变了心、不要我怎么办，就连他家里让征信社查我，都不敢说一声不开心……”

“等、等一下，你说什么？征信社？！”相乐一脸惊诧。

“嗯。他们家的人好像雇了征信社，把我的底细都查了一遍。就在我上门见家长之前。不过幸一郎说，那很正常，都那么做。”

“征信社啊……还挺像他们家会做的事儿……”美纪一脸鄙夷地自言自语道。

“被人这样查，当然会不开心啊！”相乐也瞪大眼，害怕地缩了缩身子。

华子继续道：“其实，我跟男人谈恋爱，一直都不太顺。”

“天主教女校出来的人，大家都这样啦。”

对相乐体贴的宽慰，华子勉力一笑，继续说：“刚开始的时候，他们都挺疼我，对我挺好，可好像过不了多久，就会觉得腻烦。所以幸一郎……对我不怎么用心，我一直都在想，是不是我自己的问题，为此，我一个人郁闷了好久。不过，后来我又觉得，只要能和他结婚，不用心就不用心吧。只求能安安稳稳、无风无浪地办完婚礼，怎么样都无所谓了……”华子明知这样说会被二人教育，但还是坦诚地道出了心里话。

果不其然，训话如箭雨般袭来。

“要我说，你总想着要男人疼你，这本身就有问题吧？也太低声下气了！又不是宠物！要跟男人建立平等的关系才行。”相乐道。

“我也这么觉得。”美纪说，“而且，也不是结了婚就一好百好吧？我自己没结过婚，不敢说什么，不过依我看，没结婚的时候男朋友不关心自己，有话也不敢说，和结了婚老公不关心自己，有话不敢说，这两种情况比较起来，恐怕是结了婚以后更加痛苦，不是吗？”

“简直就是地狱好不好！”相乐干脆地断言。

“那……也就是说……这婚约，还是取消掉比较好，是不是？我现在，一点信心都没有……”华子说得有气无力，声音都在颤抖。

“不不不，不是那个意思！”眼看对方即将切入悲情女主角模式，美纪赶紧出言劝阻，“我们说这些，可不是为了让你陷入婚前抑郁。这世上，没有什么人结婚的时候是百分百安心的。只不过，现在的你，看上去也实在太心慌了，叫人看不下去！我觉得，你和幸一郎结婚挺好。至少，你们俩很般配，门当户对，又不是硬凑在一起。只不过……我感觉幸一郎这个人，不可能有什么改变。他自尊心很强，人也高傲，而且经济观念到底怎样根本就是个谜。我特别能理解你的心情，跟他结婚心里肯定没底。”

一听到“经济观念”这个词，华子如条件反射般想起什么，补充道：“跟他一起吃饭，都没见过他付钱……”

“啊？什么意思？”相乐当即追问道。

“哦，你说的是那个吧？麻布那家中餐厅？说是从小就跟家里人一起去，所以幸一郎只要刷一刷脸，店里人不用说就会把钱记到他们家的账上。”美纪解释道。

“嗬，这位公子哥级别真不一样啊！”这显然出乎相乐的意料，她不由冷嘲热讽，不想却被美纪一句“你拿着附属信用卡到处刷不也一样吗！”顶了回去，不禁吐吐舌做了个鬼脸。

“说起来，幸一郎不管干什么，去的都是‘以前跟家里人一起去的店’。吃饭这样，买衣服这样，理发也这样，只要是生活上需要的，全都是小时候去惯了的地方。不管什么事，都可以在那个被人保护起来的世界里解决掉。就连人际关系都是这样。成天就跟以前那些庆应的人混在一起，从来不交新朋友。所以该怎么说呢，他生活的世界其实小得很。”

对于美纪直击靶心的话语，华子只有点头赞同的份。

不知是不是因为有人热心回应所以越说越兴奋，美纪继续吐槽道：“还有啊，他穿衣服的品位也真够诡异的。西装什么的还挺正常，其他那些平时穿的衣服，你不觉得搭配很奇怪吗？特别是夏天，就喜欢穿柔色系的网球衫，下面配一条百慕大短裤，两条腿都露在外面，那风格到底什么鬼？”

“过了三十、有点钱的男人，都那副德性！”就连相乐都开始加入大说坏话的行列。

少顷，美纪又正色道：“服饰穿搭什么的暂时可以放一放，不过一想到他没经历过什么挫折，岁数一年年往上涨，人也变得越来越不可一世，还真有点恐怖。那些傲慢、多金、有地位、有名望的老头子，性格不都恶劣得很吗？别人的意见半点听不进去，自以为对谁都可以指手画脚，想怎么使唤就怎么使唤。觉得世界就应该围着他和他那群朋友转，至于其他人，根本没有真正放在眼里过。那种人对女人和孩子，都不会正眼瞧一瞧。你要是因为对方对你不用心就觉得担心害怕，那以后只会无谓地伤更多的心。所以榛原小姐，如果你真打算跟这样的人结婚，对这些事心里最好还是有个数。”

“……嗯。”

“幸一郎肯定是不会变的。不只是幸一郎，其他人都不可能为了你主动改变什么。但是，你可以用你的意志改变你自己。跟幸一郎结婚以后，为了不让自己陷入绝望，到底需要做些什么，你应该还是可以提前做些心理准备的，不是吗？”

华子重重点了点头，用求救般的眼神望着美纪。

美纪问她：“那榛原小姐，你最介意的是幸一郎身上哪一点呢？对你不够用心？”

“……应该说……就是感觉不到……他的心。倒也不是说他没有心。该怎么形容呢，就像一个房间，进去的时候温度刚好，很舒服，但如果待久了，却会觉得特别特别冷，彻骨地冷。”

美纪点头深表赞同，说：“不过在这一点上，我也帮不了你。”紧接着，她转头直视着华子，明确表示，“我能做的，也就只有答应你，以后绝对不会再跟幸一郎单独见面。”

美纪补充道：“即使幸一郎来约我，我也一定果断拒绝。这就是我能做的全部了。不过这对幸一郎来说，大概不痛不痒，构不成任何伤害。因为他从一开始就没有认真过。估计他连我是哪里人，都搞不清楚。”

“难道你不是东京人？”华子大吃一惊。

“我也以为你是东京人呢！”相乐也附和道。

华子这一问本意是在夸赞美纪，潜台词便是：你一点都看不出是外乡来的，漂亮又时尚，我完全把你当成了东京人。

但美纪却对二人的反应并不买账，调侃道：“东京出生的人啊，动不动就会忘记，东京以外的地方也是有人住的。”

“……对不起。”华子嘴上虽在道歉，其实心里对在东京以外的地方出生长大究竟意味着什么，依然没有真切的认知。其实，在议论幸一郎生活的世界非常之小的时候，华子一边点头认同，一边也已经意识到，这同时就是在说她自己。从生活的疆域到人际关系，事无巨细，全都封闭在那个幼年时就已熟知的、处于家人保护之下的世界里。华子和相乐还有美纪不同，不是那种能够冲破局限、飞向外界的人。

华子的世界，只有这一小片。

她只能在这个小之又小的世界里，想方设法走下去。

新郎新娘换完礼服，进入下一个既定环节，前往各桌点蜡烛。灯光忽就暗了下去，迎着越发明亮的聚光灯，华子穿一身淡紫色礼服，单手轻扶幸一郎手里拿的点火棒，脸上的微笑僵硬而呆板。

入场门开启后的正前方，是榛原家的亲属席。华子父亲宗郎穿一件晨礼服，鼓掌相迎。母亲京子和大姐香津子皆是一身最高规格的黑色正装和服，二姐麻友子则穿一件背部大敞的黑色鸡尾酒会晚礼服，一刻不停地拍着照。幸一郎还特意走到撮合他与华子二人的香津子丈夫真的面前，与其亲切握手。不用说，这一幕不过是特意安排的桥段，司仪当即通过麦克风讲述了这段插曲，引得一众宾客纷纷喝彩。而在香津子与真之间，华子的外甥晃太穿一身庆应义塾高中的校服坐在席位上，面无表情地用手机拍着视频。华子的外祖母似已无力再穿和服，披一件乳白色无花外套，连连数次举起白手绢轻按眼角。

老人家的心情完全可以理解，眼见心爱的外孙女华子终于携手如意郎君共步红毯，身为外祖母，自然感到无比宽心。对幸一郎堂堂的仪表和俊秀的面容，以及学识、家境、职衔，还有那清爽正派的气质，就连外祖母似乎都如少女般一见倾心。自己这个娴静乖巧的外孙女，总算没有被品行不端的坏男人所骗，遇见了一个完美无缺的结婚对象，还摆了如此阔绰的酒宴，外祖母自然心潮澎湃、感慨万千。面对此情此景，华子的双眼也在婚礼当日第一次泛起了泪光。

宴会厅的圆桌紧凑些可坐十人，正中摆有蜡烛，两位新人朝那仅冒出数厘米的烛芯，努力伸出了手臂。四周一刻不停想起阵阵手机拍照声，还有宾客们接二连三“恭喜、恭喜”的道贺声，但因为必须一桌接一桌转过去，所以回礼的态度不免有些敷衍，华子对此颇感过意不去。但此刻的她实在无计可施，她的姿势哪怕稍有改变，被紧身胸衣牢牢束住的肋骨便会生疼，仅是完成既定的动作，就已耗尽她所有的体力。虽然脸上依旧保持着似要痉挛的笑容，可身体几乎遍体鳞伤，若无人搀扶，只怕连直线都走不了。从试穿礼服的那一天起，华子便开始担心她能否披挂着这身束手束脚的装束稳稳当当地走动。穿着这身衣服站立都很困难，稳住身子不要摔倒也成了一项艰巨的工作。高高蓬起的薄纱裙看起来分外轻盈，可布料却死沉死沉，且里侧靠裙撑支起，空空荡荡虚虚浮浮。走路时因为腿完全遮蔽在裙子里，每跨出一步都极不踏实，简直如盲走一般。

可幸一郎对这些毫无知觉。他根本不明白穿这样的礼服走路是何等艰难、何等辛苦又何等危险，时刻都需要别人在一旁扶助。片刻前，在休息室换装完毕后，他一见有宾客在吸烟室休息，便独自一人大踏步走去寒暄，而将华子弃于一旁。专职陪同新娘的人看不过去，赶紧上前扶住华子，招呼她“来来来，快扶这里”，那份体贴令华子分外感念。原本幸一郎此人在人前绝对不会流露半分冷淡，但他骨子里自有几分薄情，结果一不留神便显露了出来。

关于这一点，华子也是在紧赶慢赶筹备婚礼的数月里，才终于得以窥见。华子知道幸一郎工作忙碌。他虽然几乎从未说过律师究竟做些什么，但六月股东大会结束前，他似乎曾有几日不曾归家，直接住在律所。所以婚礼事务全部交由华子处理，这也无可奈何。但令华子介怀的是，幸一郎对婚礼的态度好似此事与他无关。对华子而言，这可是一生一次、彻底改变其人生轨迹的大事，可在幸一郎眼中，这似乎不过是日历上某一天的“日程安排”而已。与婚礼策划人前后共有四次商谈，幸一郎仅在最后一次试礼服时现了一下身。至于挑选花饰、菜肴及餐桌布置等的试餐会及婚庆展，皆是华子母亲京子一路作陪。

华子只有在选婚纱时感受到了一阵欢愉。当手指抚过那纯白的绸缎面料与蕾丝花边，那种幸福恍如梦境。婚纱样式不同，价位自然有差异，幸一郎简简单单的一句“挑你喜欢的就好”，便令她从心底溢出了笑容。虽然华子并没有什么公主梦，不过婚纱敞肩露背的设计还是让她的内心奏响了一曲高亢的乐章。只可惜，当时先一步占领华子心头的皆是那些华美动人的想象，她做梦都不曾想到婚纱竟会如此严酷地剥夺行动自由。华子曾听人说过，在上流阶层的女人必须身穿收腰礼服的年代，正是可可·香奈儿将女人从束腰中解放了出来。她直到此刻总算深有体会，若成天穿着这样的装束，那恐怕只有外表妩媚动人，实则做不了任何事。而这一点也极度鲜明地暗示了当时女性的——可以想见，结婚后的她也是一样的——从属地位。

华子痛苦到不由自主地开始胡思乱想，陪同的人在她耳边轻声点拨道："在裙子里像踢足球那样把步子迈开，走起来会轻松些。"这一声建议透着关切与体贴，是这场婚礼上唯一一个暖人心田的瞬间。嘿！嘿！华子撒气般迈步踢起了裙边，感觉似在瞒着众人做一件淘气的事，不由内心感到一阵欢快。自小到大被调教得低调守礼的华子，不知何时竟萌生出了这样的兴头。

“华子，恭喜恭喜！”点蜡烛环节终于转到新娘友人的席位，相乐的一声道贺让华子顿时一醒，抬起了头。顺着那声“看这边！”的招呼，她冲着镜头腼腆一笑。

紧接着，华子的眼睛便捕捉到了相乐身旁的时冈美纪。

美纪似乎嫌灯光晃眼，正眯起眼睛拍手相庆。她穿一件简洁大方的纯黑礼服，戴一条大气时尚的棉花珍珠项链。在成熟洗练的美纪面前，华子这身臃肿的淡紫色纱裙显得何等幼稚而落伍。华子不知该用怎样的表情面对美纪，不由移开了视线。

下一秒，耳畔传来幸一郎极小声的呢喃自语：“怎么会？”华子瞥了一眼幸一郎的脸，却见他两道视线正直直射向美纪，似已惊得瞠目结舌。见状，华子当即感到心头蹿火，故意用幸一郎也能听见的声音对美纪说：“谢谢你特意来参加我们的婚礼！”

“祝你们百年好合！”美纪露出一脸毫无芥蒂的明媚笑容，光明磊落地挺直腰杆，向华子鼓掌道贺。

6

参加完婚宴后的亲友派对，刚一返回新居，华子便因疲惫过度而一头扎进床。第二天早晨，她啪一下睁开眼坐起身，发现宽绰的卧室里只有她孤零零一个人。恍恍惚惚缩在一米九宽的帝王双人床一角，华子好似做了一场无比漫长的梦，脑中空空如也，还无暇梳理发生的一切。

幸一郎的LINE对话框里，留着一条言简意赅的消息："去公司了，你慢慢休息。"虽说怪只怪自己未及考虑婚礼第二天的安排，便由着倦意睡了过去，可华子心口依然堵着一股遭人遗弃的伤感。她冲完淋浴换了身衣服，空虚寂寞的感觉萦绕在侧挥之不去，甚至不知道这一天究竟该做些什么。

那之后，二人在冲绳度完蜜月，新婚生活逐渐步入正轨，可华子依然感觉不到她与幸一郎心理上的距离有所缩短。就连对婚宴那天时冈美纪坐在新娘友人席上的事，都不曾进行任何沟通。幸一郎就像一切从未发生，对此闭口不提。他的工作本就过于繁忙，几乎没有多少时间与华子在一起。早已习惯独居生活的幸一郎告诉华子，早餐他可以自己搞定，就这一点而言确实不需要人劳神费力。可华子本已做好准备婚后尽心竭力照料丈夫起居，这一来反倒让她觉得自己是个毫无用处的废人，心底的那份自尊摇摇欲坠。

没多久，终于起了第一场风波。华子一直惦念着二人相识满一年的纪念日，提议去第一次碰面的纪尾井町“AUX BACCHANALES”餐厅吃顿饭，可幸一郎却一脸认真地问：“有什么意义呢？”

在这之前，不管对方说的话何等让人火冒三丈，华子自始至终忍气吞声，唯独这一次，她满眼含泪，难以自抑地大喊一声“是呀，一点意义都没有，好了吧！”，飞跑出了公寓。无处可去的华子，自然而然跑回了娘家。

虽然家人一脸惊讶，心想怎么这么快就回来了，不过也勉勉强强——其实有一半颇为欢迎地——接纳了她，道："好了好了，住一晚再回去也没关系。"之后，父亲、母亲和被特意召回的大姐香津子，轮番上阵，逐一给华子传授人生经验，开导她如何对待婚姻生活。

母亲劝华子，结婚就是一个"忍"字，还告诉她："等你以后生了孩子，地位变稳了，到时自然就会有你说话的份。"她建议华子，刚结婚这段时间，凡事还是依从丈夫的好。

可华子已经心灰意冷。无论她费多少功夫烧菜做饭，都得不到半句感谢或夸奖。不管是依照烹饪学校教的，最后放一片青叶提亮色彩，还是削一些罗汉橙皮添香，都得不到任何反馈或表扬。华子辛辛苦苦帮幸一郎熨衬衫，可对方却来一句："怎么皱巴巴的，还不如送去干洗店呢……"对华子付出的辛劳全盘否定。

关于这一点，京子劝道："你不要总想着对方把你当帮佣阿姨使唤，这样只会更难受，你要把自己想象成一个侍女，知道不？就是英国贵族的电视剧里经常会出来的那种。”此番建议看似击中要害却又好像略有偏斜，反倒让华子越发不知如何自处。

接着，父亲宗郎告诉华子婚姻本就如此，反过来帮着幸一郎说话。什么男人不得不在社会这片战场浴血拼杀之类的高谈阔论，温顺如华子也决定任其右耳进左耳出，倒是那段说男人这种生物天生缺乏打理生活细节的能力，必须靠细心的妻子端茶送饭备好内衣，否则只怕活不下去的话，似在坦承男人的弱点和缺陷，让华子略有些回心转意，心想是不是应该顾念夫妻情分，对幸一郎温柔以待。

可就在这关头，香津子现身，搬出一套“结婚前两年最关键”的理论，让华子内心再度起了冲撞。依香津子所言，婚后若是仍像恋爱时那般百依百顺，势必会让对方觉得好欺负，进而得寸进尺，最后发展成在外养女人，那可就糟糕了，所以一开始决不能手软，必须先发制人，紧紧把握主动权。香津子还拍着华子肩膀鼓励道：“这次吵架，你可绝对不能屈服！”

经此一闹，华子忽就觉得愚不可及，也未在娘家过夜便回到了丰洲的公寓，可首要当事人幸一郎尚未到家，结果华子这次离家出走最终以“未遂”收场。

诸如此类较大的争执约莫每周上演一次——因为幸一郎将用完的玻璃杯随手乱放；因为在客厅铺不铺地毯的问题上有分歧；因为华子哀叹头发剪得太短，而幸一郎火上浇油“确实，看上去怪怪的”；因为华子觉得丰洲离枝光会办的无论哪家托儿所都很远，真心为此发愁，可幸一郎却淡淡抛出一句：“我还没想要孩子呢。”每回发怒的都是华子，且她一怒便会冲回娘家，所以两人也没机会静下心谈一谈。华子一回到家，必然会被各式各样的人灌输各式各样的意见，遭人驳斥一番后半信半疑间接受对方劝解，平复心绪，不消一日便回到了公寓。华子自以为是在与幸一郎闹矛盾，可每次到最后不过都是她一个人唱了一出独角戏而已。

婚姻生活开始之后，两个月，三个月，状况丝毫未见起色。就这样，伴着数不尽的愁苦忧伤度日的华子终于醒悟，知道找自家人商量再多也是徒劳，便想着能不能找个熟悉幸一郎的人聊一聊。对了，美纪！

可为了这样的事把别人约出来，真的好吗？华子忽就对自己的自私任性感到羞愧，同时也担心没有相乐在场，两人能否谈到一起。不过，此事关系到她的婚姻生活——换言之，关系到华子今后全部的人生，也容不得她拘泥于这些小节。

十一月初，华子给美纪发了一封像臼齿缝里塞进了异物一般吞吞吐吐的邮件："上次你来参加婚礼，一直都没有道谢，顺便也有点事想找你商量……"美纪倒是答应得爽快，二人于是相约下下周碰头。

从新居所在的塔楼到丰洲车站步行八分钟，再搭地铁仅需七分钟的距离，华子却坐了辆出租车过来。美纪定的，是有乐町车站旁的一家意大利餐厅。因为是周六下午，店内几乎座无虚席，每个人都扯着嗓子吵吵嚷嚷，朝气蓬勃得叫人不敢入内。

餐厅店面颇为宽敞，摆满了四人位餐桌，抹了灰泥的天花板上吊扇转个不停。美纪先一步进店，已坐在露台席上。黑色V领针织衫外，围一条巧克力色披肩，耳垂上缀一对金色环形耳扣，整张脸唯有嘴唇涂成艳丽的正红，分外惹眼。她周身散发的气质与餐厅时尚的氛围格外合拍。

华子对这家店，还有面前的美纪都略有些发怵，不过还是耸了耸肩道："这家店真不错。"其实对华子而言，比起这种充斥着装扮入时的年轻人、喧哗欢闹的餐厅，还是她从小惯常出入的帝国饭店大堂或资生堂 Parlour 更能令她感觉自在。

"哟，剪头发了呀！"

被美纪一说，华子略显害羞地用手抚了抚耳后的发梢。许多年来她一直都是端庄乖巧的中长发，结了婚实在想换换心情，便狠一狠心剪成了与下巴齐平的短发。

"二位现在需要点单吗？"一位男店员上前询问，身上那件牛仔衬衫一直扣到领口，一头黑发梳向单侧，脸上还戴一副时下流行的圆框眼镜。姑且不论其相貌如何，单就这一身行头便已散发出浓浓的都市情调。美纪点完单，笑着对华子挤了挤眼，道：“那人打扮得也太夸张了吧。”华子当即赞同：“我也觉得。”气氛顿时融洽起来。

“不过这家店真的很不错呢！”华子随口称赞道，可美纪却环顾店内，回答说：“我还就是喜欢这种地方。怎么说呢，就是那种从小地方跑到东京来的人，无凭无据地在心里想象出的、最有东京味道的地方。”

“你的意思是……？”华子无法理解美纪说的感觉，脱口追问道。

“怎么说呢，就比如电视剧的取景地……不过这样一来，感觉反而有点土。就是那种都市感特别强，超级繁华，感觉会闪闪发光的地方？那种地方，不都会有一种很特别的活力吗？每个人都想尽办法打扮得很前卫，而且还特兴奋。因为对大家来说东京是客场，所以才要挖空心思把自己弄得很潮。”

“因为是客场，所以才打扮？”

“对，如果是本地人，就没必要费那么多功夫去打扮了。不过话说回来，在我老家，打扮了也没地方可去。”美纪自嘲道。

华子若有所思地环顾四周，美纪继续道：“你看看，来这种店的人，是不是都有点像？每一个都像从杂志里走出来的。这些人心里都有一个东京梦，为了融入东京而把自己打扮得很时尚，就因为有了他们，像这种特别有东京味道的地方，才会变得越来越有东京的感觉。我就是喜欢这些人制造出来的东京。虽然我也知道，这不是真的，是幻影。”

“那……你说的东京，到底是一个什么样的地方呢？”华子纯粹出于好奇地问。对华子而言，东京不过是她出生长大的家乡。而此刻美纪所说的“东京”，却似有另一层含义。

“嗯……什么样的地方……”美纪抬眼看向远方道，“我相信，每一个从别的地方来东京生活的人，心里应该都会有这么一个地方。不，就算没有来东京生活也会有。那些来东京旅游，或者在电视、杂志上看到过东京的人，大家心里都会不知不觉地被烙上一个‘东京’，一个和现实不太一样的地方，然后过了许多年都一直很向往很向往。就是这样的一个东京。一个幻想中的东京。”说着喝了一口刚端上桌的咖啡。

华子开口道：“你说的这种感觉，让我有点羡慕呢。”

“羡慕?!”美纪的表情似在反问：你在开玩笑吧?!

“因为在我眼里，东京根本不会闪闪发光……”

“是吗？”

华子点点头说：“当然，我在东京有很多回忆，家人也都生活在这里，我自己是很喜欢东京的。只不过，像你说的这种闪闪发光的感觉，我一次都没有感受过……”

“也是，对你来说早就习惯了，所以也不觉得有什么特别吧。在东京出生的人，大概反而不太能体会到生活在这里的幸福。”

华子一边惊叹于餐厅内满满的活力，一边想：原来，自己在东京属于稀有人种。她从没想过要离开出生长大的安逸无忧的世界，去别的地方从零开始创造自己的人生，既从未产生过那般强烈的独立意识，也无此必要。她的人生，从坠地的那一刻开始，所有一切都已被父母规划好了，保守而无趣。

华子开口道：“这么多年，我从来都没有凭着自己的意愿去扩张过自己的领地，说是在东京，但其实一直都在同一片地方，活动的范围真的很小很小。因为害怕，所以有很多地方都不敢去。从小时候开始，一天到晚都只去那些已经去过好多次的地方。”

美纪理所当然地应道：“都是那样的啦。毕竟，华子的家就在这儿嘛！一般留在家乡的人，不都这样？”

听闻此言，华子不禁想：倘若我出生在乡村，恐怕是绝对不会来东京的。

“不管怎么说，从我的角度看，出生在东京，那可真叫人羡慕！年轻人要想来东京立足，必定要吃些苦头。就比如我，当初父母没能力供我，我自己也没钱，过得可凄惨了。真是花了很长时间、费了好大力气，才在社会上找到自己的位置。所以一出生就在东京，都不用吃这些苦，那还不让人羡慕死！”

美纪笑着道，说得轻描淡写，但这些语句一圈一圈地缠扎在了华子的心上。

“可人不吃点苦，是长不大的吧？”

“啊？……怎、怎么会呢？”美纪似在顾虑华子的感受。

“不，是长不大的。不吃点苦，绝对不行。我现在就觉得，自己什么苦都没吃过，所以一事无成。舒舒服服也浑浑噩噩。一直泡在温水里。就因为这辈子都没吃过什么苦头，所以连结婚都结失败了……”

“等等、等等，你这也跳得太快了吧！再说了，结婚结失败这种话，不应该是离了婚的人说的吗！”美纪故意对华子爽朗地一笑，宽慰道，“你生在东京，家里条件又好，像你这样什么都不缺的富家小姐，不应该最幸福吗！”

可华子却猛力摇头，她接下去的话完全出乎美纪的意料：“你说的那些，恰恰是我自卑的地方。因为命好，出生在一个富裕的家庭，就像坐在传送带上一样，什么都不用想，日子过得舒舒服服，不用吃苦，也没有挫折，说到底，我的人生没有任何可以拿出来说一说的东西。学校也好，工作也好，全都是父母安排的，自己什么都没有争取过。相亲的简历看上去很漂亮，其实空空洞洞。从没靠自己这双手，得到过任何东西，做成过任何事情。而且，我天生胆小，半步都不敢越界。也没有什么本事去开拓自己的人生。没有长处，也不喜欢工作，就连把不喜欢的工作坚持下去的毅力都没有。真的是一无是处。所以那些男人，很快就会对我失去兴趣。我想大概是因为我这个人，实在太无趣了吧。这些我其实都知道。所以我才觉得，像我这种人，就只能把自己嫁出去。像我这样平平庸庸、没法靠自己活下去的女人，除了结婚没别的路可走。就因为这样，我才特别焦虑。我清楚地知道，如果不能顺顺利利地搭上别人安排好的船，抓住别人为我准备好的人生，那我根本不可能靠自己推着自己的人生往前走……在认识幸一郎之前，有一段时间，我一直在相亲。相亲这件事，虽然很辛苦，也很不好过，但那段时间我第一次觉得我有了自己的意愿，是我自己在决定我的人生。那也是我第一次真的遇到困难。当然，那时候除了相亲什么也没做，感觉并不快乐，不过事后回想起来，那段时间我还真是思考了许多。有时候担心到快要崩溃，但还是告诫自己一定要挺过去，那时忽然就有点想表扬我自己，做起事来积极主动到以前都不敢想象。可是，从遇到幸一郎的那一刻开始，一切又都归零了。到最后什么都没剩下，不过是尝到了一点点辛酸而已。结婚的事都是幸一郎安排的，我又像坐回了传送带，从父母那里传到了幸一郎那里，又跟以前一样，回到了过去的人生模式，搭回了别人给我安排好的船。当然这也是我一直都想要的。虽然很矛盾，但其实我对什么都做不了的自己感到很失望。我相信幸一郎心里是想跟美纪你结婚的，他一定知道那样会更幸福。他娶我，不过是为了保持那份体面，根本不是出于真心。”

华子一口气说完这些，两盘盖着一大块冰激凌和巧克力的松饼端上来了，时机刚刚好。美纪一边尴尬地说“好了好了”，一边提议道：“一会儿慢慢说，我们先吃吧。”说着取过一把餐叉递给华子。

看着美纪大口吃着松饼，华子继续道：“所以，真的很对不起！”

“对不起？有什么对不起的？”

“所有这一切，全都对不起。幸一郎的事，还有我半路杀出来，搞得跟三角关系一样。那其实，是我在横刀夺爱，不是吗？”

“好了好了，都过去了。不是已经说过很多次了吗，这些事归根结底都是幸一郎的错，特别是像这样的情况。要道歉，也应该是幸一郎道歉。而且不是向我，是向华子，幸一郎应该向你道歉。你想想，我说的对不对？退一步讲，我也不好，不应该像那样陪着他一起胡闹，当断不断。这不是幸一郎一个人的错，我也有错。身边有那么个男人，只要我约他，说不定就会来陪我，我一直在享受那样的关系。那种关系不用像真的谈恋爱那么麻烦，开开心心玩过就算，我其实也在放纵自己。就靠着维持那样的关系，来假装自己不寂寞。其实我也想过，这样真的好吗。那时候就应该做个了断的。我年纪也不小了，却一直拖拖拉拉下不了决心，说起来真丢人。那样的关系，也是在伤害我自己。”

即便美纪如此表态，华子依然深鞠一躬：“请接受我的道歉。对不起……”

美纪一边宽慰她“可以了可以了”，一边夸赞道：“不过你真了不起！该道歉的时候就道歉，一点不含糊。想我年轻的时候，也卷入过一段三角关系，处境就跟你差不多，还做了些特别过分的事。可到最后，我都没能跟人家说声对不起，没那个勇气……”

“我能道歉，也是因为遇见的是像你这样的人……今天你还特意为我出来，真谢谢你！”

“……对了对了，聊了这么久，正事儿还没说呢，你说要找我商量，到底什么事？”

直到这一刻，华子才终于进入正题，道出了心中的烦恼：“虽然可能还要过一段时间，不过我听幸一郎说，他以后要辞掉律师的工作，去议员伯父那里当秘书……”

“果然是这么打算的呀！”美纪说得就好似她早已知道此事。

“你知道?!”华子惊讶地问。

“你想想，你们那场婚礼，不就给人那样的感觉嘛！就好像是在给大家隆重介绍将来的接班人。估计是先做几年秘书历练历练，然后接替伯父竞选议员，不都这样吗？不过想想，幸一郎也怪可怜的。肯定是那些后援会的人拼命推举，想拒都拒不掉。”

“你对这些事，知道得可真多。”

“还好啦。我在银座的夜店做过，所以对这些事还挺熟悉。而且我老家那边，也有大家都支持的政治家。我听说，那个政治家退下来以后，有段时间为了谁来接班的问题吵得不可开交。跟了政治家很多年的秘书毛遂自荐，想参加竞选，但你也知道，乡下那些大叔大婶最看重血缘了。搞了半天，还是让政治家在东京上班的儿子，辞了职跑回去竞选的。而且，一下就选上了！”

“没经验也没关系吗？”

“没关系。乡下地方的选民，什么经验、业绩、政策，统统都不问，只关心自己认识不认识，投票看的都是人情，就凭习惯。所以只要跟他们笑眯眯地挥挥手再握个手，等到填选票的时候，他们自然就会乖乖写上最熟悉的名字。”

“这样啊……”

“我听人说，那些国会议员家里将来要接班的男孩子，都会把名字起得特别特别简单。就比如什么太郎、一郎之类的。因为这样一来，哪怕再没学问的人，都可以马上记在脑子里，然后凭印象直接填到选票上。”

“这么说来，幸一郎这个名字也是……”

“说不定他们家里确实是那样打算的吧。我记得他伯父家好像没有儿子，是吧？”

“对，没有。”

“这不就对了吗！搞不好，幸一郎当律师，也都是计划好的。你想啊，当律师的人，转去哪个行业都没问题。正好在当政治家之前过渡一下。”

“不过这些事，他也不跟我商量一下就定了，我到底算什么呢？”

“确实有点过分，不过幸一郎这个人本来就这样。如果你希望他对你敞开心扉，跟你说些更深的东西，那你必须不停地去撞门，不管用什么办法把它撬开，一点一点建立新的关系，不这样的话，恐怕一辈子都不会变。我跟他在一起，只要随随便便附和两声讨他欢心就好，关系没那么深，就这层意义来说，可能反而比较轻松。但华子你不一样。你是他太太，你们的关系要持续一辈子，所以如果你心里有疑虑，还是明明白白地说出来的好。你必须学会表达自己的意见，告诉他你希望怎样怎样。当然，你也可以跟其他人抱怨，图个一时痛快，但那样解决不了问题。我也知道这很难，想我自己也是长了很多岁数之后，才敢对男人提要求的。”

“真的吗？好意外……”

“这有什么意外的！”美纪笑起来，接着道，“真不骗你。我最开始谈的几个男朋友，都是我对他们言听计从，就因为害怕对方会不喜欢自己。不过，跟男人谈恋爱谈久了，总有些事是忍无可忍的，所以就会生气，吵架，然后再和好，重复几次以后，慢慢地，就知道怎么在男人面前表达自己了。”

“可是我，就算对方做了让我忍无可忍的事，也不知道该怎么生气。我都不确定，是不是应该把这种感情表达出来。”

“生气可是很重要的。对了，不是还有些男人绝对不允许交往的女人跟他平起平坐吗？对那种男人，我是绝对忍受不了的。”

“那幸一郎，到底是哪种呢？”华子声音低了下去。

“嗯……这我就不知道了。所以我才说，幸一郎他本来就没打算要跟我认认真真地交往。”

“可我觉得，幸一郎跟我交往，也不是认真的。虽然刚开始的时候，他确实比较主动……”

“是吗？不过，这大概也是没办法的事。除了那些情痴情圣，还有脑袋里只想着搞婚外恋的人以外，比起女人，男人分配给恋爱和生活的百分比本来就不高。对女人来说，恋爱和结婚是人生的两大主题，必须全力以赴，可对男人来说，这两件事的优先度有时候真挺低的。就比如幸一郎，估计百分之八十到九十都扑在工作上吧？其实不只是他，男人多多少少都这样。”

“可要是这样的话，做妻子的岂不是孤单死了?！就为了他们那百分之十到二十，竟要贡献出自己全部的人生?！”

华子满面怒容，诘问得气势汹汹，连美纪都惊到了，说：“华子，你总算把心里话说出来了。”

“有吗？”

“有啊有啊，都说出来了！”

“……你是说刚才那句？”

“对。跟你聊了那么久，我第一次觉得听到了你心里的声音。”

“……让你见笑了……”

“没事没事。要的就是这股劲头。你要把你的心里话，说给幸一郎听，知道吗？”

华子闻言，像孩子般率真地点了点头。

美纪抬腕看了看表，说了句：“我差不多该走了。”她接下去要到神乐坂的英国文化协会上英语课。美纪开心地告诉华子，她从九月开始学英语，还说：“上大学的时候就想学英语，希望说一口流利的英语。我以前就很向往那些用得上英语的工作。不过庆应里面好多归国子女，看着他们，不自觉就打了退堂鼓，觉得自己再怎么努力都赶不上那些人。这么多年，我连自己为什么来东京都给忘了。”

据美纪说，正是华子的婚礼，让她重新忆起了当年的梦想。

美纪笑着告诉华子：婚宴那天，相乐主动和现居伦敦、远渡重洋赶来参加婚礼的幸一郎姐姐打招呼，并与她英国籍的丈夫聊得十分欢畅。见此情景，美纪忽然就有了一个颇为强烈的念头：“我可不要一辈子都说不出英语就躺进棺材！”

美纪说：“想当年考大学的时候拼死拼活地学，可现在单词、语法全都忘得差不多了，简直就不是从零开始，而是从负数开始！不过就算这样，还是好开心。就好像又做回了学生。”美纪说着，露出一脸青涩纯真的笑容，如同一个刚刚离家来东京追梦的大学生。最后，她还不忘提醒华子：“两个人吵架的时候，就是交心的机会。一定要跟本人谈，千万记住了！”

叮嘱完这句，美纪道了声“下次再聊”，便在车站潇洒地冲华子挥了挥手。

7

当年岁末，幸一郎的祖父住进了医院，第二年一月撒手人寰。

享年八十九岁，可谓寿终正寝。守灵那晚，正当权的政治家也露了面，青木家世代经营的仓库公司择日举行了内部葬礼。青山殡仪馆前，公司员工身穿丧服一字排开，低垂着头，青木一家在这队列的迎候下静静入场，走在最末的便是华子。

断七结束，片刻的喘息后，熟悉法律的幸一郎在遗产继承问题上成为一家人的指靠，时不时便会被召回青木家。最棘手的问题便是神谷町那些地产估值惊人，青木家须在老人家死后十个月内，付清由估值推算出的数额庞大的遗产税，且原则上必须现金缴付。不用想，适用的税率恐怕是最高一档。在东京黄金地段坐拥如此规模的地产，每年缴付的房产税便以数千万计，无论祖上资产如何丰厚，银行账目上的储蓄额只减不增，依青木家目前的实力，只怕早已不可能轻轻松松拿出上亿资金缴清这笔遗产税。更何况，为了伯父的政治斡旋，家族也是投入巨大，多数家产其实都已变现。

当然，遗产问题由来已久，绝非一日两日，青木家的税务师也曾三番五次提出方案建议避税，可顽固的祖父断然不肯接受，一心一意执着于固守先祖的土地。在老人家的观念里，这片土地原为武家宅邸，传承已久，岂可在自己这一代肆意分割转手？幸一郎对这位祖父敬爱有加，自然想要守住老人家生前的夙愿，所以心无旁骛地为此而奔波忙碌。

按说，此类危机本是拉近夫妻距离、增进双方情感的好机会，可幸一郎在这件事上，却将华子彻底置于局外。不仅如此，他还提前落实计划，辞去了律师工作，进入伯父的事务所，以私人秘书的身份来往于青木家的选区——一座地方小城。虽然可以想见势必会遭人抨击怎么又是世袭议员，可幸一郎别无选择，青木家从曾祖父那代建立的名望、地位乃至后援会，总不能任由其白白虚掷。

那之后，幸一郎每周几乎大半时间都忙于参加小城选区的各种活动，华子与他共度的时光变得少之又少。她只能经由脸书窥知幸一郎究竟做了些什么。每每看到他挤出一脸爽朗的笑容与农户合影，或在金屏风前一脸肃然地立于慷慨陈词的伯父身后，华子总觉得说不清地怪异，有一种难以拭去的违和感。

一位政坛新秀即将诞生。此人与华子一样，在那片小小的世界里养尊处优，不识人世艰辛，如他这般的特权阶层却要步入政界，代表国民参政。可以想见，只要他参加竞选，必然可以当选。幸一郎年轻俊朗，学历职历卓尔不群，足以引起世间的瞩目，也必会得到众人的吹捧。华子出生至今从未对政治有过特别的兴趣，或许正因为此，置身局外冷眼旁观这些伎俩，让她越发感到虚伪可怖。

日子滚滚向前，唯有华子孤寂虚浮地悬在半空，分外孤独。每日都无事可做，且她本身就不喜社交，许多时候甚至连续数日不曾踏出公寓半步。如此一来，免不了会赖床到正午时分，昼夜颠倒，夜深人静时反倒双目圆睁异常清醒。华子与世界的联系，仅有电视和网络。翻看数年前的电视剧成了她生活中唯一的乐趣；至于上网，也不过是浏览际遇相似之人的留言，聊以自慰。

华子的神经远远不曾粗到可以从心底讴歌这样的

生活，她甚至开始质疑自身的存在，追问自己究竟为何而活。华子也曾求助于母亲和两位姐姐，但得到的劝告只有那句“早点生个孩子就好了”，弄得她恼恨益深。

“有了孩子，你这个夫人的地位就会更加稳固，而且到时候忙都忙死了，哪有空闲抱怨什么寂寞。华子，你不是挺喜欢小孩的吗？”大姐香津子的劝诱固然在理，可变得有点神经质的华子，对这种露骨且世故的想法不自觉地便产生了拒斥心理。

她的每一天都在孤寂中度过，即便看到天气预报，都会觉得自己闭门不出，毫无干系，进而感到被排斥在外。就在她的神经鸣响警笛之际，那条她在LINE上求助似的发给正在出差的幸一郎的短信“什么时候回来？”，虽然显示为已读，却明显被对方无视了。至此，华子终于泪水决堤，连发怒的气力都已不剩，只是无止境地流着眼泪，哀怜自身的不幸。

过剩到无力打发的独处时光，于华子而言只能是毒药。天气阴沉时，楼层超高的公寓彻底隐入云中，如牢笼般侵蚀着她的灵魂。华子难以适应这样的生活。她不习惯于做一个被冷落一旁的妻子，并且一次又一次陷入自责：这套奢华的新居任谁都会眼红羡慕，可她生活在里面，情绪却如此忧伤低落，一定是自己出了问题。

那之后又过去半载，华子将离婚申请表推到幸一郎面前。

"嗯？你这算什么意思？"幸一郎满脸都是茫然与不解，"难道……你是认真的？"他疑惑地确认，华子一言不发，用力点了点头。

离婚一事遭到青木家强烈反对，劈头盖脸地问：这么关键的时候，怎么可以离婚！另一边，榛原家也一样震惊、失望、哀叹：华子到底怎么想的！离婚的决定，辜负了所有人的期许。

因为不愿闹上法庭，幸一郎虽不乐意但还是点了头。和惯常不同，女方榛原家被要求支付抚恤金，宗郎拿出了这笔钱。当年初秋，二人协议离婚，事情总算告一段落。婆婆对着华子便是一声怒喝："以后不许踏进我们神谷町的门！"也怪不得别人，确实错在华子。她这媳妇实在过分。她只怕是史上最恶劣的新嫁娘。对榛原家来说，华子也从一个嫁入豪门、令家人颜面生辉的好女儿，变成了一个无知任性、让家人蒙羞的离异女。就连原先扮演这一角色的麻友子，都皱起眉头冷言冷语："华子到底想什么呢！"

华子不惜与身边几乎所有人为敌，和幸一郎离了婚。倘若她选择默默隐忍，继续维持貌合神离的婚姻，想必生活会平静许多。

但不可思议的是，华子不曾有过一星半点的悔意。

终章 一年后

终章
一年後

坐上新干线飞速远离东京，总能体会到一种颇为奇特的解脱感。仿佛一个一无所知、超脱于日常的世界，正在眼前不断扩展，而自己正伴随着些微紧张，摆脱那捆缚自身的、细微琐碎的常识，整个人都变得自由起来。

榛原华子望着窗外，此刻她正充满好奇地看着流水般逝去的风景。坐在窗边的相乐主动提议“跟你换个位子吧”，但因为出行的主角是相乐，华子固执地拒绝“不用不用，你好好休息！”，一心要照顾好相乐。

华子离婚后住进了相乐的公寓，如经纪人一般帮她打理日常事务。相乐把德国的房子停租，将工作重心挪回日本，不过她并未签约经纪公司，而是成了自由小提琴演奏家。时日一久，杂事繁多，相乐一个人渐渐应付不过来，华子看不下去，便承担下了部分工作，帮她处理一些杂务。比如日程协调、与活动承办方邮件联络、交涉演出费用、制作请款单、订车订票、管理服装，甚至还有在社交媒体上做宣传。相乐久居国外，遇事直来直去喜欢明说，不免与人起冲突，经华子居中协调，气氛便会缓和，诸事也更顺利。对华子而言，她恰好也可找些事做，可谓双赢。如今，相乐甚至坦言："假如没有华子，我大概就做不下去了。"

这次定下这份工作的也是华子，参加的是名为"2017 山野音乐会"的古典音乐节。通常，相乐的工作多在东京，常在一些派对上演奏，来的多是被称为名流显贵的艳妆华服之人。偶尔也会有一些地方上的活动发来邀约，于是有了更多机会去东京以外的地区。

"网上说车站前面有家咖啡厅，咖喱饭特别好吃！"相乐正拿着手机察看各种消息。

"真的吗？想吃！"华子从旁探过头看着咖喱饭的照片，发出一声渴望的哀号。

这一年来，过去那些从不会踏足的地方，忽就变得亲近起来。陪伴相乐一同出行，让华子的视野也随之猛然变得开阔起来。每次离开东京去往别的地方，华子便深深感到自己过去所看到的世界是何等狭小。原来世上有这么多方言、这么多城镇，还有这么多小吃。没有一个地方完全相同，无论何处在华子眼中都是那般新奇，即便有些地方略显荒凉，可依然熠熠生辉。华子想，或许这就和美纪眼中的东京总是分外闪亮，是同一回事。

二人换乘地方旧线路，又坐了约莫一个小时。线路终点是山脚下的一座小镇，电车古旧的感觉和窗外寂寥的景象，在二人看来格外新鲜。相乐举起手机拍个不停，华子也忘了工作，不住地嬉笑欢闹。车上坐着一个像是本地人的老奶奶、两个看似“铁路迷”的男子、一对背着登山包的中年夫妇，还能看到似乎也要去登山的外国人。车厢总共两节，分外小巧，加上华子二人，乘客未满十个，车里空空荡荡。不知何时，窗外的风景由一望无际的农田变成了深山，眼前刚看到一条滚落着巨大岩石的河川，前方忽就出现了一座水坝，就连相乐都不免感到担心，问华子："还没到？"

"嗯，还要一会儿。"华子查了查谷歌地图，语调颇为干脆。

二人下车后，彻底转入度假模式，有说有笑。华子一边拖着大行李箱，一边指着车站前一家木屋风的小店，惊叫道："啊！好吃的咖喱饭！应该就是这家吧？"

相乐小心翼翼地抱着小提琴，答："现在就去?!"二人兴致勃勃，几乎忘了身处何地。

眼前身后皆是高山，烈日当空，气温略高，但掠过树荫的风分外凉爽，空气不用说自然特别清甜，让人倍觉舒爽。耳畔隐隐飘来阵阵乐曲声，车站周边也聚集了一些好像要去听音乐会的客人，带着几分人气与活力，同时又弥漫着一股让人舒心的怡然与闲散。

"山野音乐会"今年已是第五届。举办的契机源于一位名满世界的音乐家晚年常来此地避暑。因为这

段缘分，策划人便以酒店为主会场，在多个地方办起了大大小小的演奏会，每年都会邀请日本国内外的音乐家前来。平日里与古典乐无缘的本地人也对此颇为欢迎，与这些音乐家交流给他们的生活平添了几分期许。

“能在这种地方拉琴，真太幸福了！”相乐的喜悦发自内心。比起那些名流显贵装腔作势的派对，这种乡野小镇轻松自在的演奏会似乎更合她的脾性。

搭乘酒店巴士走了十来分钟，在前台办理完入住手续，相乐早早地便投入了排练。

坐在宾客席上观摩排练的华子身边，忽就冒出一个身穿工作人员T恤、还是大学生模样的年轻男子，与她搭话：“请问是经纪人吗？”

对方接着道：“今天晚上，活动志愿者打算在楼上的酒吧里开一个小规模的欢庆会，要是您有兴趣的话，欢迎来参加！”说完，给华子递来一份欢庆会的宣传单。

对方的邀请轻快随意，自然而不做作，华子笑答："谢谢。我们一定去！"

男生似乎颇为高兴，鞠了一躬离开了。

身处这样的地方，华子谁都不是。出身、阶层、离了婚的过往，一切统统消隐。别人看她，不是某某某，不是任何人，而就只是一个普普通通的人。这样的状态让华子感到分外惬意。

音乐会上，与初次合作的人顺利演奏完毕后，相乐感叹着："啊，好紧张！不过好开心！"脸上写满成就感。接着，她又道："我跟弹钢琴的女孩交了个朋友，约好回东京一块儿吃饭，还说以后也要一起合作。"说着将对方的名片递给了华子。因为与其他音乐家也可以有些交流，所以相乐无论报酬多少，常会接此类音乐会的工作。

"我先换个衣服就去参加欢庆会，你先去吧。"

目送相乐回房换装，华子按下了电梯按钮，准备前往酒店最高层的酒吧。说是最高，其实也就四楼，这家酒店已是这一带规格最高的一家。电梯门打开，站着几个身穿西服、一看便知来头不小的男子。华子低着头欠了欠身，走进电梯。四楼的按钮已被按亮。

“华子？”

熟悉的声音令华子一惊，她猛地抬起了头。

是幸一郎。

上到四楼，幸一郎在电梯厅里尴尬地挠头说：“我倒是在名册上看到了相乐逸子的名字，不过没想到你也会来……”

他这次替伯父出席活动，被引见了各式各样的赞助人，从早到晚忙着交换名片。原来，幸一郎的祖籍——青木家的根——就在这里，如今也是他们家的选区。据幸一郎说，他现在正在积攒人脉，成天忙着参加五花八门的活动。

华子略有些语无伦次，前言不搭后语地说了她搬出父母家与相乐同住，住着住着便主动做起了经纪人的工作。对这突如其来的重逢，华子手足无措。

就在此时，像是幸一郎跟班的人前来催促：“时间差不多了……”

幸一郎离开前留下一句："过会儿一起喝一杯。"华子默默点了点头。

四楼酒吧里，欢庆会已然开场，众人欢闹一堂。

幸一郎一个接一个忙着与人寒暄，终于看似略有空闲时，他来到吧台边，在华子身边坐下，点了杯红酒。

"嗯，还是干一下吧。"幸一郎略显窘迫地提议道，二人静静碰了下杯。

华子给自己灌了一大口酒，转向幸一郎开口道："那个，有些话……"

不想，却被幸一郎打断，被他抢了先："华子，很多事，我都对不住你。"

华子连连摇头，似要从身体里绞出声音一般地说："这句话应该我来说。全都是我做得不好。因为我太任性，所以才会变成那样……"

不想，幸一郎却笑言："你说什么？完全听不见。"

酒吧里人声嘈杂，若不将头靠在一起，只怕很难听清对方说的话。

“华子现在是小提琴演奏家的经纪人？你居然能做得来这些事，我还真有点想象不出来……”幸一郎半开玩笑地说，紧接着又笑着道歉，“对不起对不起，我就是有点……”此刻的他没了东京时的拘谨，言辞间多了份亲近。无可否认，东京的幸一郎，与他人距离更远，总透着几分冷淡。

“也说不上是经纪人。相乐不愿意跟经纪公司签约，出去拉琴的事都自己安排。我在她家白吃白住的也不好意思，所以就帮她处理点事情，做习惯了，感觉还挺开心。”

华子一不留神在前夫幸一郎面前道出了自己现在颇为快乐的真心话，不由感到一阵煎熬。想当初，幸一郎的母亲没少对华子说：女人离婚必遭天谴，将来绝对要倒霉，一辈子都不可能幸福。

华子与幸一郎聊起了工作的内容，幸一郎大笑：“你居然还能和人谈价钱，太不敢相信了！”

“当然能谈！我还会抬价呢！”华子答得略有些

害羞，接着又颇为自豪地说，“别看我这样，还挺适合这工作的。”

事实上，华子与这工作合拍得叫人惊讶。她天生就乐意照料、支持别人，为他人尽心尽力，看到对方有所成就，自己也会感到无可言喻的喜悦。她喜爱躲在幕后，默默支持舞台上的人。华子终于开始对自己有所了解。有时候，蓦然间她也不免自问：当年为何没能与幸一郎建立这样的关系？“贤惠的妻子”和自己现在的样子，虽然扶持的人不同，但所做的事其实大同小异。

“真没想到你还挺会办事。”幸一郎感慨。

华子如今痛切地知道，过去的自己是何等无能。无法在社会上独自闯荡，只能随波逐流，连自身意愿都不清不楚。而现在，她竟然可以在工作中如此满足地感受到人生的价值，只怕最惊讶的还是华子自己。

“你今年多大了？”

“三十岁了。”

幸一郎差点喷出一口红酒，笑着说：“华子也会步入三十，真是想都不敢想。”

“不过我倒觉得，现在这样更舒服。”华子愉快地说，心里还补了一句：我更喜欢现在的自己，每天都很开心。

“不好意思，打扰一下，有个人想介绍给你……”幸一郎被人叫走，又开始四处寒暄，告一段落后回到华子身边，提议道：“要不要出去走走？”

二人溜出酒吧，来到酒店外，四面八方传来一片虫鸣，响彻耳畔。眼前的山峰黑得恐怖，不过群星布满天幕，光芒闪烁，分外迷人。华子感动地说：“就像天文馆一样。”幸一郎笑着纠正：“反了反了，天文馆才是假的好不好。”

二人走过停车场，一路踱步至凉亭，在长椅上坐下。

“还挺冷的呢。”华子摩挲着臂膀，幸一郎脱下外套，递给了她。

华子略显迟疑，羞怯地将外套严严实实披在身上。外套里隐隐可以感受到遗留的体温，华子心头一阵悸动。

“你现在看上去就像个政治家，吓我一跳。看来，你还挺适合做这个。”

“哪有啊，可烦人了。怎么讲，倒也不是说讨厌，就是没得选。我生在那个家，又是个男人，自然有责任保护那个家，把那些东西传下去，想逃也逃不掉。”幸一郎喃喃道，眼中带着出生时命运已定的人所特有的大彻大悟。

华子觉得，这是幸一郎第一次在她面前吐露心声。

之后，二人你一言我一语，聊了许多。

聊初次见面的那晚，聊轻井泽的旅行，聊华子第一次去神谷町上门时那紧张、异样的空气，聊二人的婚礼，聊幸一郎几乎从不在家的新婚生活，还聊起了时冈美纪。

“时冈姐这个人，真不错。感觉，特别特别成熟。我结了婚过得不开心，居然去找她商量，现在想想，我也真是做得出！虽然说那时候确实有点走投无路，不过这也实在太任性了，可时冈姐很爽快地就答应了，还跟我说了很多话。”

“你们都说了什么？你跟她，完全没有共同点吧？”

华子摇摇头，继续道：“她给了我很多非常不错的建议。而且，也给了我不同的看事物的角度。跟她聊过后，我才深深感到自己生活的世界有多小，这么多年完全就靠别人的保护活着。我觉得这样的自己很没用，甚至有点讨厌。我以前一直以为靠我自己绝对活不下去，必须要找个人依靠，所以把所有希望都押在婚姻上。想我身边，也都是这样的人，我以为要活下去就只能这样做。可我看到时冈姐完完全全靠自己活着时，突然就觉得她好酷，很让人崇拜，我也想像她一样。在遇到她之前，我身边从没有过那样的人。”

“当然不会有啦。那也算是吃过苦的人，在东京立足下来的人。聪明、独立，也有那么点野心，就是那种圈养不起来的类型。那样的女人，东京可多了。”

“……就因为我看上去不费力气就能圈养起来，

所以你才跟我结婚的吧？”华子一针见血，幸一郎面色一紧，顿时语塞。

“我其实都知道的。你为什么会选我这样的女人，我现在已经看得很清楚了。但那时候我不懂。想不通你为什么会选我，而你也从来不告诉我。就那样，稀里糊涂地觉得两个人在一起好像还不错，结婚的事也一步步办了起来，我不过就是被人推着走。到最后，果然一结婚就过不下去了。”

“那婚结得真够呛的，也太不像样了。”

幸一郎又是一副高高挂起的调子，华子不由瞪着他道：“你可别忘了，那不像样的婚姻，有一半责任在你身上！”

“啊？我身上？有一半？”幸一郎问得颇为率真，华子不禁苦笑。

突然，华子似乎想起什么，拍了下膝头说：“时冈姐说的，难道就是现在这样？”

“现在怎样？”

“我感觉，我现在终于在你面前亮出了我自己。

可以和你平等地说说话。原来就应该这样啊……算了，也来不及了。”华子一边自嘲，一边偷偷瞄了眼幸一郎。

月影朗照，二人相对而视，一言不发，只是竖起耳朵，听着远远飘来的乐曲声。

时冈美纪在路边扬起手，招停了一辆出租车。她提起行李箱，连人带箱在后座坐定后，急匆匆道："去东京站。能不能帮我停在八重洲的出口那边？"

司机似乎早已习惯，熟练地问："坐新干线？几点的车嘞？"

"十点五十二。赶不上就开不了会了……"

"知道嘞！包您赶上，放心吧！"司机打着包票，启动了出租车。

这个时段哪条路堵、哪条路空，司机似乎了如指掌。他还细心地给美纪讲解走什么路线，可美纪对东京的路没多少概念，便全权交给司机："您看着办！"

这司机似乎颇爱聊天，接着又问美纪做什么工作。

“刚刚跟朋友在老家开了个公司。”

“哎哟，这可了不起！公司做什么？”

“什么都做，比如研究新的土特产，或者给小镇开发旅游软件之类的。总之，就是策划各种各样的东西，争取吸引更多人过来玩儿。”

“哎哟哟，听上去不错嘞！是在客人的家乡搞？”

“对。所以要东京、老家两头跑。”

“真够厉害的！这乡下啊，其实都是好地方，可就是人转不起来。人一旦不转了，那可就什么都不行了。钱也不转了，圈子越来越小，就为了些鸡毛蒜皮的小事争个不停。所以啊，还真是一定得有外乡人进来，通通风顺顺气儿，否则绝对搞不好。”

“大叔还挺明白嘛，说得在理。”

“我啊，也是外乡人。不过爹娘跟家里的祖坟都搬到了这边，好几年没回过乡喽。我家乡那片儿，下起雪来可不得了。”司机随口报出了家乡的地名。

“我老家也在那儿！”美纪开心地说。

“什么？真的?！哎哟哟，那客人你可要加把劲儿！像我这样的，自己都顾不过来，也没给家乡做过什么贡献，现在想想可后悔了，就那样把老家给扔了。我说客人啊，您可得好好干！就靠您了！我这份心也托付给您喽！”

“好嘞！”美纪咯咯地笑起来，坚定有力地答道。

文
景

Horizon

社科新知 文艺新潮

东京贵族女子

[日]山内麻里子 著 伏怡琳 译

出 品 人：姚映然
策划编辑：廖 婧
责任编辑：廖 婧 朱艺星
营销编辑：王园青
封面设计：COMPUS·汐和
封面插画：Ashui
版式设计：施雅文

出　　品：北京世纪文景文化传播有限责任公司
(北京朝阳区东土城路8号林达大厦A座4A 100013)
出版发行：上海人民出版社
印　　刷：山东临沂新华印刷物流集团有限责任公司
制　　版：南京展望文化发展有限公司

开 本：787mm×1092mm 1/32
印 张：11　　字 数：145,000
2020年5月第1版　　2020年5月第1次印刷
定 价：49.00元
ISBN：978-7-208-16353-9/I·1877

图书在版编目（CIP）数据

东京贵族女子/(日)山内麻里子著；伏怡琳译.--上海：上海人民出版社，2020
ISBN 978-7-208-16353-9

Ⅰ.①东… Ⅱ.①山… ②伏… Ⅲ.①长篇小说—日本—现代 Ⅳ.①I313.45

中国版本图书馆CIP数据核字（2020）第036033号

First published in Japan in 2016 by SHUEISHA Inc., Tokyo.
This Simplified Chinese edition published by arrangement with
Shueisha Inc., Tokyo in care of Tuttle-Mori Agency, Inc., Tokyo.